Angelo Colagrossi,
Hans Peter Kerkeling & Angelina Maccarone

Ein Mann, ein Fjord!

Das Buch

Zum Buch

Kann man das? Einen Fjord gewinnen? Man kann! Und deshalb bricht Norbert Krabbe, leidenschaftlicher Preisausschreibenteilnehmer und arbeitsloser Bürokaufmann aus Wanne, zu den Lofoten auf, um seinen soeben gewonnenen »Norbert-Krabbe-Fjord« samt Blockhütte in Besitz zu nehmen. Davon, dass ihm seine reizende und ausgesprochen trinkfeste Frau Birgit dicht auf den Fersen ist, ahnt er ebenso wenig wie von der irritierenden Reisebegeleitung durch den Grevenbroicher Reporter Horst Schlämmer.
»Ein Mann, ein Fjord«, die mit der Corine für das beste Hörbuch des Jahres ausgezeichnete Komödie, ist ein hinreißendes Lesevergnügen. Aufwendig mit Filmfotos illustriert und ergänzt um Texte von Jürgen Tarrach, Hans Peter Kerkeling, Anneke Kim Sarnau und Regisseur Angelo Colagrossi, gibt es sie nun endlich auch zum Selberlesen, Vorlesen und Nachspielen.

Die Autoren

ANGELO COLAGROSSI, geboren 1960 in Rom, lebt seit 1989 als freier Autor und Regisseur in Deutschland. Er realisierte Comedyserien, Shows und Kinofilme, u. a. 2001 »Alles wegen Paul« und 2004 »Samba in Mettmann«.

HANS PETER KERKELING, geboren 1964 in Recklinghausen, ist einer der erfolgreichsten deutschen Entertainer und wurde u. a. mit dem Bambi, dem deutschen Fernsehpreis und dem Grimme-Preis ausgezeichnet. 2006 traf er mit seinem Millionenbestseller »Ich bin dann mal weg« den Nerv unserer Zeit.

ANGELINA MACCARONE, geboren 1965 in Köln, ist vielfach ausgezeichnete Autorin und Regisseurin, u. a. erhielt sie den Goldenen Leoparden für ihren Film »Verfolgt«, und lebt in Berlin, wo sie auch als Dozentin an der Deutschen Film- und Fernsehakademie tätig ist.

Angelo Colagrossi,
Hans Peter Kerkeling & Angelina Maccarone

Ein Mann, ein Fjord!

Das Buch
Mit 54 Farbfotos

Piper
München Zürich

Ein Mann, ein Fjord!

Von Angelo Colagrossi, Hans Peter Kerkeling & Angelina Maccarone

▶ Hier einige der wichtigsten Darsteller:

Norbert Krabbe:

Norbert Krabbe ist um die vierzig, lebt in Wanne und ist Wanner aus Überzeugung. Er ist Bürokaufmann und zurzeit arbeitslos. Verheiratet mit seiner großen Jugendliebe Birgit.

Birgit Krabbe:

Eine schöne Frau um die vierzig. Sie ist ebenfalls gelernte Bürokauffrau und arbeitslos. Ihre und die Arbeitslosigkeit ihres Mannes machen ihr schwer zu schaffen, weshalb sie immer öfter zu Hochprozentigem greift.

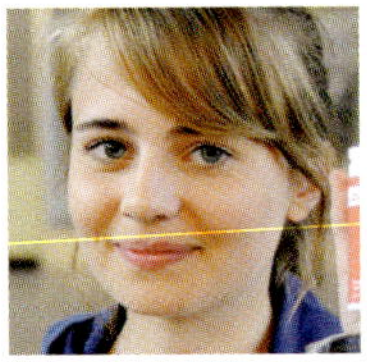

Ute Krabbe:

Ute ist siebzehn Jahre jung, hat ihre Ausbildung zur Kfz-Mechanikerin gerade mit Bravour bestanden. Als Einzige in der Familie hat sie einen Job; in der Autowerkstatt Herkel.

Waltraut Schwarz-Ebershagen:

Waltraut Schwarz-Ebershagen ist Anfang fünfzig; seit 25 Jahren mit Reinhold verheiratet, die Ehe ist kinderlos. Sie arbeitet als Verkäuferin in einem Einkaufszentrum im Ruhrgebiet.

Dr. Reinhold Schwarz-Ebershagen:

Auch Reinhold ist um die fünfzig, wirkt aber jünger als seine Frau. Er ist Tierarzt mit eigener Praxis.

Lars Högesund:

Lars ist Ende zwanzig, Norweger und der Inbegriff eines Teenieschwarms. Strohblonde Locken, blaue Augen und der Körper eines Schwimmers machen ihn zum absoluten Hingucker.

Ulrike Lange:

Ulrike ist Mitte dreißig, Ökotrophologin aus Darmstadt und bereits verwitwet.

Kele Ubutubhani:

Kele Ubutubhani ist Mitte dreißig. Ende der Neunzigerjahre kam er aus Pakistan nach Deutschland, um Jura zu studieren. Das Studium hat er erfolgreich beendet – nun ist er allerdings Taxifahrer in Wanne.

Günter Reddemann:

Günni ist der Dreh - und Angelpunkt von Wanne. Ein gutmütiger Frührentner, der sein schmales Einkommen über Internetverkäufe aufbessert.

Und natürlich – Horst Schlämmer:

Ja, hallo, Freunde, hier ist Horst Schlämmer! Also, ich habe eine Geschichte erlebt, das ist eine wahre Geschichte, ich war selber dabei, ich war ... also ... nicht der Hauptakteur, aber ich war mit dabei, das ist wirklich alles so wahr, passiert, wie et hier erzählt wird. Und jetzt passt einfach mal auf, das ist wirklich, das ist ein Spielfilm für die Augen. Ja, und jetzt geb ich mal an den Erzähler, ne?! Passt mal schön auf ...

1 ▶ Tagsüber in Krabbes Badezimmer

Norbert liegt mit offenen Augen unter Wasser in der Badewanne. Er starrt auf einen Punkt. Wie in einem Horrorfilm schnellt er nach oben.

Norbert *zu sich* Schlitten-hund, Schlittenhund?!

Er greift nach seinem Handy und drückt die Wahlwiederholungstaste. Immer wieder besetzt. Es donnert heftig gegen die Badezimmertür. Es ist Birgit.

Birgit Norbert!

Norbert Ich telefoniere gar nicht!

Birgit Und warum ist immer besetzt?

Norbert Ich gucke nicht Fernsehen!

Norbert schaut auf einen kleinen Fernseher. Den Ton hat er leise gestellt. Es läuft eine Neuneinhalb-Live-Spielshow. Auf dem Bildschirm sieht man eine Hotlinenummer und ein Bilderrätsel. Ein lieblos auf eine Tafel gekritzelter Schlitten und ein Hund sollen einen Sinn ergeben. Norbert lässt heißes Wasser in die Wanne und taucht wieder unter.

2 ▶ Tagsüber in Krabbes Küche

Birgit kommt in die Küche, stopft dreckiges Geschirr in eine Spülmaschine und schließt die Tür mit einem kräftigen Ruck. Das nagelneue Gerät ist mit einer großflächigen Werbung für Spülmittel versehen. Lustlos drückt Birgit ein paar Knöpfe. Nichts rührt sich. Aus dem Radio dröhnt laute Schlagermusik, Uschi Blum singt ihren Evergreen »Lieb mich«, unterbrochen von Werbejingles. Die Küche ist vollgestellt mit teils noch originalverpackten Haushaltsgeräten. Alles Billigware mit Werbung bedruckt: zwei Zitruspressen, drei Kaffeemaschinen, zwei Toaster. Plötzlich springt die Spülmaschine an, macht ein komisches Geräusch und bleibt stehen. Birgit tritt dagegen.

Birgit Du blödes Scheißteil! ... Ute!!!

Ute erreicht die Badezimmertür und klopft dagegen.

Ute Papa? Telefonierst du wieder?

Norbert *aus dem Off* Nahein!

Birgit ruft aus der Küche. Ute hämmert weiter gegen die Tür.

Birgit Die Mama ist am Rufen, Ute!

Ute betritt die Küche.

Birgit Das Schrottteil spielt wieder verrückt! Klemm dich da mal drunter.

Es klingelt an der Tür. Ute prüft die Spülmaschine. Dabei geht sie systematisch vor.

Birgit *laut Richtung Badezimmertür* Norbert, gehst du? ... Es hat geklingelt!? ... Norbert!

Norbert kommt aus dem Bad, in Boxershorts und einem T-Shirt, auf dem ein Familienfoto prangt: Ute als Siebenjährige mit Zahnlücke zwischen den jungen Eltern Norbert und Birgit.

Norbert Was macht ihr denn hier für n Krach?

Ute *mit Blick auf das Familien-T-Shirt* Zieh dir was Anständiges an!

Es schellt Sturm an der Tür. Norbert geht. Ute öffnet die Spülmaschine und sieht hinein.

Ute *vorwurfsvoll* Kannst du die paar Teller nicht mit der Hand waschen?

Birgit greift sich ein Bier aus dem Kühlschrank, stellt es auf den Tisch und holt einen Öffner aus der Schublade. Routiniert nimmt Ute das Bier vom Tisch und stellt es zurück. Birgit stellt sich unauffällig an den Kühlschrank und holt das Bier wieder heraus. Ute fummelt im Werkzeugkoffer, holt eine Zange hervor und repariert irgendwas. Birgit versteckt die Flasche hinter ihrem Rücken.

Birgit Klappt et?

Ute *genervt* Klappt et, klappt et? Ich bin kein Wunderheiler, ich bin ein Teenager, Mama.

Birgit schafft es, das Bier zu öffnen, und will gerade einen Schluck nehmen, da kommt Norbert mit der Post in die Küche.

Sie lässt das Bier hinter dem Radio verschwinden. Er guckt unter die Maschine.

Norbert Und? … Klappt et?

Birgit Natürlich! Deine Tochter ist Kfz-Elektrogesellin.

Unauffällig lässt Norbert einen grauen Briefumschlag hinterm Radio verschwinden und nimmt am Tisch Platz. Er sortiert die restliche Post und öffnet mit seinem Taschenmesser ein Paket.

Norbert Siehste, hier! Schwupp! Hundertsechzig Euro in bar von Neuneinhalb Live. Aber ich darf das ja nicht mehr gucken!

Birgit Oh, toll! Dann haben wir ja die Telefonrechnung schon fast wieder raus.

Norbert Schwupp … Ich habe noch was gewonnen … eine Pfanne, aus Edelstahl, du, mit Griff zum Braten und alles.

Birgit *fassungslos* Wo du überall mitspielst?!

Ute kommt hoch und startet die Spülmaschine. Sie läuft.

Norbert *studiert noch mal den Brief* Und einen Gutschein für einen Römertopf, schwupp!

Birgits Füße stehen in einer Pfütze.

Birgit Wieso ist dat denn hier so nass!

Ute steckt sich Gummibärchen in den Mund.

Ute Von der Spülmaschine kommt es nicht.

Ute geht wieder.

Norbert Oh! Dat Badewasser … und der Fernseher ist an.

Norbert springt auf und rennt los. Birgit greift sich ihr Bier, dabei findet sie den grauen Umschlag. Ein Brief vom Finanzamt. Sie schmeißt ihn ungeöffnet in den Müll und gönnt sich einen Schluck.

3 ▶ Abends in der S-Bahn

Norbert sitzt nervös in der S-Bahn neben Ute, den Blick nach unten auf eine Illustrierte gerichtet. Ute, noch im Blaumann, sieht erst aus dem Fenster, dann auf ihren Vater.

Ute Einatmen, ausatmen …

Norbert *stimmt mit ein* Einatmen …

Norbert Isses noch weit?

Ute Wir sind doch grade erst eingestiegen.

Norbert Kommt mir schon viel länger vor.

Ute Die is heute aber auch besonders lahmarschig.

Norbert *wehrt stöhnend ab* Uuuh, jetzt beschleunigt se … Ummh …

4 ▶ Abends im Centro-Kaufhaus

Informationsstand im Einkaufszentrum. Norbert und Ute warten. Die Verkäuferin Waltraut Schwarz-Ebershagen ist im Gespräch mit Horst Schlämmer. Über ihr hängt ein großes Schild: ENGLISH IS SPOKEN.

Waltraut Nein, das geht nicht. No way!

Horst Schlämmer Schätzelein, du machst mich gerade verrückt. Jetzt bin ich extra aus Grevenbroich gekommen.

Waltraut Sie können dieses versiffte Herrenhandtäschchen doch nicht nach zwei Jahren umtauschen!? Sorry!

ENGLISH IS SPOKEN

Horst Schlämmer Wieso »versifft«? Dat bisschen Gebrauchsspuren, die is doch wie neu is die … Weiße? Ach, weiße wat, Schätzelein, du warst von Anfang an nicht mein Typ. Weiße, Kerl, du, dat darf doch nicht wahr sein. Ich geh woandershin … Ich kann sie fertig machen, wenn sie wüssten, wer ich bin …

Waltraut wendet sich lustlos Norbert und Ute zu.

Norbert Guten Abend, ich möchte diesen Gewinngutschein einlösen. Ich hab gewonnen!

Waltraut *streng* Ausweis!

Norbert überreicht Waltraut beides. Sie vergleicht das Foto mit Norbert und liest die Daten.

Waltraut *stöhnt genervt* Ummh, Wanne!

Sie holt einen verpackten Römertopf und knallt ihn lustlos auf die Theke. Norbert packt vorsichtig aus. Ute durchsucht den Karton.

Ute Und der Deckel!?

Norbert Entschuldigung, ich glaub, da ist gar kein Deckel dabei.

Waltraut Sie haben einen Römertopf gewonnen, keinen Römerdeckel; den müssen Sie dazukaufen, kostet dreißig Euro.

5 ▶ Tagsüber in Reddemanns Keller

Ein Kellerraum mit Gitterfenster zur Straße. Die Regale sind vollgestopft mit Krimskrams, von Elektrogeräten bis hin zu Porzellanfiguren. Alles ordentlich nummeriert und zum Teil in Kartons verpackt. Günter Reddemann fotografiert mit einer Kamera, welche auf einem Stativ steht. Auf einem kleinen Tisch, adrett drapiert auf einer Motivserviette, die Pfanne, Norberts neuester Gewinn.

Norbert Und dann schreibst du dabei: Die is aus Edelstahl, mit Griff, zum Braten und alles.

Reddemann Das is doch nich mal Teflon. Du machst Schatten auf dat Teil. Geh ma anne Seite.

Norbert bewegt sich in die falsche Richtung und wirft noch mehr Schatten.

Reddemann Nee, auffe andere Seite!

Norbert *weiter* So, jetzt kommts: ne schöne Obstschale!

Reddemann *skeptisch* Sieht aus wie n Römertopf.

Norbert Dann wär ja n Deckel dabei. Was meinste, Günter, was bieten die Leute für die Sachen?

Reddemann Auch im Netz sind se am Sparen. Zwei Euro vielleicht!?

Norbert Hör ma, wär dat nix für dich?

Reddemann drückt auf den Auslöser.

6 ▶ Tagsüber auf der Straße in Wanne

Norbert läuft eine Straße entlang. Er geht zu einem Postkasten und wirft Briefe ein. Danach klopft und spuckt er dreimal auf den Briefkasten.

Norbert *in den Schlitz* Toi, toi, toi.

Er dreht sich um. Hinter ihm das Schaufenster eines Elektrogeschäftes, mit Dutzenden von Fernsehgeräten. Über die Bildschirme flimmert eine Neuneinhalb-Live-Spielshow. Auf der Straße ist der Fernsehton nicht zu hören. Dennoch erkennt Norbert, wie die gut aussehende Moderatorin versucht, die Zuschauer zum Mitspielen und Anrufen zu bewegen. Auf den Bildschirmen ist eine Hotlinenummer eingeblendet und ein Worträtsel. Die Buchstaben M-N-D-U erscheinen und müssen in die richtige Reihenfolge gebracht werden, um einen Sinn zu ergeben. Währenddessen macht die Moderatorin wilde Kussbewegungen Richtung Zuschauer. Die Lösung ist offensichtlich »M-U-N-D«. Norbert äfft die Kussbewegungen nach und überlegt. Das Handy hat er nun in der Hand.

7 ▶ Tagsüber in Krabbes Bad

Birgit liegt zu Hause in der Wanne und glotzt auf den laufenden Fernseher. Sie löst das Rätsel.

Birgit Mund!

8 ▶ Tagsüber auf der Straße in Wanne

Norbert, der das vor dem Schaufenster nun auch begriffen hat, zückt sein Handy und wählt mehrere Male die Telefonnummer. Er kommt durch. Die Fernsehmoderatorin scheint mit ihm zu reden.

Norbert Ja? Hallo. Norbert ist hier. Aus Wanne.

9 ▶ Tagsüber in Krabbes Bad

Birgit legt ihren Kopf schief und verzieht ihr Gesicht.

Birgit Norbert!?

10 ▶ Tagsüber auf der Straße in Wanne

Norbert klebt an der Schaufensterscheibe.

Norbert Sicher. Die Lösung heißt: MUND!

Die Moderatorin rastet vor Freude schier aus.

11 ▶ Tagsüber in Krabbes Bad

Moderatorin Toll, das sind vierhundert Euro. Setzen Sie diesen Gewinn, und wollen Sie weiterspielen um den Fünfzigtausend-Euro-Jackpot?

Birgit Um Gottes willen, bloß nicht, Norbert.

12 ▶ Tagsüber auf der Straße in Wanne

Norbert Klar. Ich spiele weiter.

13 ▶ Tagsüber in Krabbes Bad

Birgit Nein.

Moderatorin Es wird ein bisschen schwieriger. Jetzt kommt unser Bilderrätsel. Zwei Gegenstände male ich jetzt auf, und Sie bilden daraus ein Wort, klar?

14 ▶ Tagsüber auf der Straße in Wanne

Norbert Klar. Das kenne ich!

Die Moderatorin fängt an, mit einem dicken Stift etwas an eine Tafel zu malen. Kaum hat sie den ersten Strich gemalt, fangen die Bildschirme an, wie wild die Kanäle zu wechseln. Norbert sieht einen Verkäufer, der mit einer Fernbedienung herumspielt und mit einem Kunden spricht: Horst Schlämmer.

Norbert trommelt gegen die Scheibe.

15 ▶ Tagsüber in Krabbes Bad

Die Moderatorin hat das Bild fertig gemalt. Man erkennt eindeutig Wasserwellen und einen Eimer.

Moderatorin Die Zeit läuft. Und wie heißt das Wort?

Birgit *strahlend* Wasser-eimer. Komm, Norbert, das weißte!

Norbert *aus dem Off* Moment. Das ist jetzt gerade schwierig.

Könnten Sie mir das Bild mal beschreiben?

Birgit Was? Das kann jeder Idiot.

16 ▶ Tagsüber auf der Straße in Wanne

Der Verkäufer und Horst Schlämmer reagieren in keinster Weise auf Norberts Klopfen.

Sie zappen wild weiter und bleiben bei einer Dokumentation über Igel hängen.

Norbert Bitte helfen Sie mir! Irgendwas mit nem Igel?

17 ▶ Tagsüber in Krabbes Bad

Birgit *zu Hause* Igel?

18 ▶ Tagsüber in Krabbes Küche

Norbert schaut verdattert, während Birgit ihn anbrüllt.

Birgit Wassereimer!

Norbert Ich weiß, aber ich hab einen Igel gesehen.

Der Kaffeetisch ist für drei gedeckt. Birgit schaltet das Radio an, WDR-4-Schlagermusik durchbricht die Stille. Uschi Blum mit ihrem neuen Hit »Mittsommerblues«. Norbert schließt die Spülmaschine und drückt den Startknopf. Das Gerät funktioniert einwandfrei. Birgit bemerkt, dass die Spülmaschine läuft.

Birgit *sauer* Ach, auf einmal geht es? Du blödes Teil.

Sie tritt dagegen. Die Maschine macht ein lautes Scheppergeräusch und geht abrupt aus.

Norbert dreht das Radio leiser. Ute kommt mit der Post in die Küche.

Ute So, Mama, jetzt kannste schön mit der Hand spülen.

Ute reicht Norbert und Birgit je einen Brief, greift ihre eingepackten Stullen und verlässt die Küche. Birgit nimmt ein Bier aus dem Kühlschrank und stellt es auf den Tisch. Sie holt einen Öffner aus der Schublade. Währenddessen stellt Norbert das Bier wieder zurück. Birgit guckt entgeistert, aber sie hat begriffen. Beide setzen sich nun an den Küchentisch und öffnen ihre jeweilige Post.

Birgit *liest vor* »Sehr geehrte Frau Krabbe, hiermit teilen wir Ihnen mit, dass Sie von vormals Vorlohnstufe 3 jetzt auf Vorlohnstufe 2 hochgestuft wurden ...«

Norbert Siehste, es geht aufwärts.

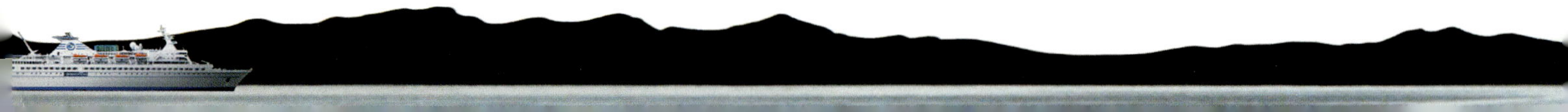

Birgit *liest weiter* »... damit haben Sie einen Ersatzlohnanspruch von 48,7 % brutto erreicht. Ihr vormaliger Ersatzlohnanspruch von 80 % erlischt hiermit rückwirkend ab Anfang letzten Monats. Für ein persönliches Gespräch wenden Sie sich bitte an Herrn Woiec ... ki ... ov ... vecki«.

Norbert Woieczikovecki.

Norbert *weiter* Bei dem bin ich auch, das ist ne Pflaume.

Ute steht mit Kopfhörern und Werkzeugkasten im Türrahmen.

Ute Mama, denk an dein Vorstellungsgespräch.

Birgit entzieht sich Norbert, geht zur Spülmaschine und tritt dagegen. Die Maschine startet wieder.

Norbert Schwupp! Ich habe wieder was gewonnen.

Ute bleibt stehen.

Birgit *lustlos* Einen Massageigel.

Norbert Kommst du nie drauf! ... Da ist sogar ein Schlüssel dabei!

Er zieht einen goldfarbenen, altertümlichen Schlüssel aus dem Umschlag.

Ute *kommt näher* Eine Spardose.

Norbert Einen Fjord!

Ute Geil!

Birgit *freut sich* Ein Auto!

Ute Nicht »Ford«, »Fjord«. Wir fahren nach Norwegen, Mama!

Norbert Das is so ne Art Fluss, und der wird nach mir benannt.

Birgit *augenverdrehend* Ein Fluss namens Norbert. Na, herzlichen Glückwunsch!

19 ▶ Tagsüber in Reddemanns Keller

Wieder im Keller von Günni Reddeman. Die Kamera steht auf dem Stativ, und es wird fotografiert.

Reddemann Norbert-Krabbe-Fjord! Gratuliere!

Norbert steht erwartungsvoll vor ihm, die Hochglanzbroschüre und den goldenen Schlüssel in der Hand.

Norbert Ja, danke. Gut so?

Norbert lächelt in die Kamera.

Reddemann ... Du musst nicht mit aufs Bild.

Norbert hält nur die Broschüre ins Bild.

Norbert Dafür kriege ich bestimmt fünfhundert Euro.

Reddemann Das ist aber viel Geld, und die An- und Abreise müssen die Leute ja selber ...

Norbert Müssen wir das dabeischreiben? Pass mal auf, Günni, wär dat nix für dich? Du fährst an meiner Stelle dahin und gibst mir nur dreihundert Euro.

Reddemann stutzt.

Reddemann *nachdenklich* Mmhh?! ... *feierlich* Obwohl, Günter-Reddemann-Fjord.

Norbert Neeneenee! Mein Name müsste schon bleiben!

Reddemann Vorschlag zur Güte: Norbert-Krabbe-und-Günter-Reddemann-Fjord!

Norbert Ich finde, das klingt nicht. Gib mir einhundert, und du machst dir einfach mal ein paar schöne Tage.

Norbert reicht Reddemann die Broschüre.

Reddemann Hier steht dick und bräsig: »Dieser Gewinn ist nicht übertragbar.«

Norbert sieht sich die Broschüre noch mal an.

Reddemann Das heißt, nur DU hast da lebenslanges Wohnrecht in der Blockhütte.

Norbert Ja, und wie soll ich da hinkommen? Mit der S-Bahn? ... Uhmm Uhmm. Ich fahr da sicher nicht hin.

Reddemann drückt auf den Auslöser.

20 ▶ Nachts in Krabbes Wohnzimmer

Ute schaut heulend auf eine Europakarte. Norbert sitzt auf dem Sofa und liest eine Illustrierte.

Ute Oh, doch, wir fahren auf die Lofoten. Ich hab meinen Jahresurlaub schon genommen.

Norbert Wir haben kein Geld. Schluss!

Ute Wir fahren per Anhalter, Papa!

Norbert Würdest du mich mitnehmen?

Ute *zieht die Nase hoch* Nee!

Norbert Siehste, ich dich auch nicht.

Ute Du bist einfach bloß feige.

Norbert Ich bin ein erwachsener Mann und treffe erwachsene Entscheidungen.

So, ich gehe jetzt in die Wanne.

20 ▶ Nachts im Badezimmer

Norbert liegt untergetaucht in der Wanne. Prustend taucht er wieder auf, sein Blick wandert von den Handtüchern, auf denen Werbung für Schokoriegel prangt, zu dem Wasserfleck an der Decke. Das einzige Geräusch ist der tropfende Wasserhahn. Ute steht vor der Tür.

Ute *weiter* Mit der S-Bahn müssten wir nur bis Hamm, dann mitm Intercity weiter nach Puttgarden, mit'm Schiff nach Rödby, von da mitm Zug nach Kopenhagen und dann quer durch Schweden bis rauf nach Norwegen mitm Nordstar-Express, bis kurz vor die Lofoten.

Norbert stöhnt genervt und will wieder abtauchen.

Norbert Das dauert ja ewig.

Ute Nee, nur dreiunddreißig Stunden und zehn Minuten.

Norbert Dreiunddreißig Stunden, zehn Minuten einatmen und ausatmen?! Das schaffe ich nicht!

Ute Und dann noch mal aufs Schiff.

Norbert Wir sind blank!

Ute Da gibts doch bestimmt so Ermäßigungen.

Es klingelt Sturm.

22 ▶ Nachts im Wohnungsflur

Ute öffnet die Wohnungstür. Vor ihr steht ein Polizist.

Polizist Guten Abend. Ist dein Vati da?

Ute Papa?

Norbert kommt im Bademantel an die Tür.

Norbert Ja?

Hinter dem Polizisten erscheint Birgit total besoffen.

Birgit *lacht* Das ist er, der hat den Fluss gewonnen.

Polizist Wohnt die Dame hier?

An Birgits Arm hängt Horst Schlämmer, ebenfalls betrunken.

Norbert *zu Horst Schlämmer* Ich kenne Sie.

Polizist *erstaunt* Ihn?!

Horst Schlämmer So, dann komm ich noch kurz mit rein, Jacqueline.

Norbert »Jacqueline«?

Polizist Also gut. Dann noch einen schönen Abend.

Der Polizist geht. Birgit torkelt an Norbert vorbei ins Wohnzimmer. Horst Schlämmer will hinterher.

Norbert Wo kommen Sie denn her?

Horst Schlämmer Aus Grevenbroich.

Norbert schlägt die Tür vor seiner Nase zu.

23 ▶ Nachts in Krabbes Wohnzimmer

Birgit liegt mittlerweile schnarchend im Wohnzimmer auf dem Sofa. Norbert kommt ins Zimmer. Ute läuft hinterher.

Norbert Birgit, ich muss dir nicht sagen, was ich davon halte.

Ute Doch, genau das musst du ihr jetzt mal sagen.

Norbert Ich finde, was du da machst, ist ... irgendwie nicht ganz richtig.

Ute *entsetzt* »Irgendwie nicht ganz richtig?« Papa!!

Norbert *beeilt sich* Auch vor allem wegen dem Sorgerecht für das Kind!

Ute Oh Mann! Von Sorgerecht habe ich noch nicht viel gemerkt.

Ute geht und knallt die Tür hinter sich zu. Norbert setzt sich neben Birgit aufs Sofa, sie klammert sich an ihn.

Ute *weint* Was passiert denn bloß mit uns?

Norbert Ute ist eben in der Pubertät.

Birgit Nix klappt, gar nix.

Norbert Wenn wir zusammenhalten, dann schaffen wir es auch! Komm, wir fahren auf die Lofoten und holen uns meinen Preis.

Birgit Wie alt bist du eigentlich – zwölf?

Norbert Ich hab jedenfalls noch nicht aufgegeben.

Birgit Solltest du aber. Ich hab heute nicht mal diesen schwachsinnigen Job gekriegt.

Norbert Tut mir leid.

Birgit Ich tue dir leid? Der war gut, du Flusspferd!

Norbert ist sichtlich getroffen. Er blickt von seiner betrunkenen Frau über den verdorrten Gummibaum auf den Wohnzimmerschrank, auf dem in Werbeschrift »Autohaus Unger« steht.

Norbert Gut, dann bleib hier! Ich hab bisher jeden Preis abgeholt, und den Fjord, den hole ich mir auch!

Norbert geht.

Norbert Ich melde mich von unterwegs,
wenn du nicht rangehst ... weiß ich, dass du besoffen bist.

Birgit ... Ute bleibt hier!

24 ▶ Morgens in der Schalterhalle des Bahnhofs in Wanne-Eickel

Eine Bahnbeamtin, die gerade ein üppiges Frühstück einnimmt, sitzt hinter dem Schalter. Norbert, einen kleinen Koffer in der Hand, steht davor.

Bahnbeamtin *mit vollem Mund* Ermäßigung gibt es nur für Kinder bis vierzehn Jahre. Wie alt ist denn Ihre Tochter?

Norbert Dreizehn. Glück gehabt!

Bahnbeamtin Gut. Einmal das »Kids for Fun«, für einhundertzweiundsechzig Euro bis Trondheim. Und für Sie macht das dann vierhundertsiebenundachtzig Euro und neunundzwanzig Cent.

Norbert Und das ist jetzt schon zweite Klasse?

Bahnbeamtin Ja, sicher. Das is jetzt schon »Superspar« in Kombi mit »Happy Weekend«.

Norbert Dann nehm ich nur das »Kids for Fun«.

Er legt das Geld auf die Theke, es reicht nicht. Er kramt sein »Schweizer Messer« hervor und legt es dazu. Die Bahnbeamtin schüttelt den Kopf. Sie schaut an ihm runter.

Bahnbeamtin *abschätzend* Schicke Schuhe ...

Norbert zögert und legt dann schweren Herzens sein Mobiltelefon auf den Tresen. Die Bahnbeamtin inspiziert es mit fettigen Fingern.

Bahnbeamtin *nickt* Hmm ...! Hier das »Kids for Fun«, mehr ist nicht drin.

Sie behält das Handy und gibt Norbert die Fahrkarte. Er steckt sein Taschenmesser wieder ein. Ute kommt mit einer Illustrierten und Tabletten angelaufen.

Ute Hier, für die Fahrt, Papa.

Norbert betrachtet die Packung, auf der ein schlafender Pudel abgebildet ist.

Norbert »Canicalm«? Willst du mich umbringen?

Ute Das sind nur Beruhigungstabletten.

Norbert Ja. Für Hunde.

Ute Die waren rezeptfrei und billig. Und wie teuer waren die Tickets?

Norbert Ging!

Ute Siehste.

25 ▶ Tagsüber vor dem Blumenladen im Bahnhof in Wanne

Norbert und Ute kommen am Bahnhofsblumenladen vorbei. Norbert zögert.

Norbert Warte mal kurz, ich bin sofort wieder da.

Ute sieht, wie er zum Blumenladen läuft, sich einen Eimer mit Blumen greift und im Laden verschwindet. Norbert legt sein Taschenmesser auf den Tresen. Die Blumenverkäuferin holt die Blumen aus dem Eimer. Norbert kommt mit dem Eimer aus dem Laden, zurück zu Ute.

CANICALM
50

Ute Was willste denn mit dem Eimer?

Norbert Wassereimer! Ich will mir Wasser aus meinem Fjord mitnehmen. Kommst du?

Ute sagt nichts, aber ihr Gesicht spricht Bände.

26 ▶ Tagsüber im Wohnzimmer

Birgit schnarcht derweil halb betrunken und derangiert zu Hause auf dem Sofa. Es klingelt heftig an der Tür.

Birgit Norbert!

Es klingelt erneut.

Birgit Norbert?!

Es tut sich nichts. Sie erhebt sich.

27 ▶ Tagsüber im Flur

Birgit schleppt sich zur Tür und öffnet. Der Postbote sieht sie entsetzt an.

Postbote Es ist ein Einschreiben, für Ihren Mann. Sie müssten hier unterschreiben.

Birgit nimmt die Post entgegen und betritt das Zimmer ihrer Tochter.

28 ▶ Tagsüber in Krabbes Wohnung

Birgit Ute, du bist spät dran! Ute …!

Utes Bett ist leer. Birgit geht zum Bad.

Birgit Norbert, Ute ist weg, und du liegst hier seelenruhig in der Wanne …

Birgit sieht, dass die Wanne leer ist, und sackt auf dem Wannenrand zusammen.

29 ▶ Tagsüber in der Schalterhalle im Bahnhof in Wanne

Die Bahnbeamtin beißt in ihr Brötchen. Ein Telefon klingelt. Sie holt Norberts Handy aus ihrer Tasche und geht ran.

Bahnbeamtin *mit vollem Mund* Anita Schöttler, Deutsche Bahn, Reiseauskunft.

Birgit *aus dem Off* Sehr witzig, Norbert!

Bahnbeamtin Ich habe das Handy rechtmäßig erworben.

30 ▶ Tagsüber im Zug in Deutschland

Ute und Norbert suchen sich einen Platz im Zug, welcher noch im Bahnhof steht.

Norbert trägt den Eimer bei sich. Ute setzt sich hin.

Norbert Gibst du mir mal dein Handy? Ich find meins grade nicht …

Ute gibt ihm ein bunt beklebtes Handy.

Ute Aber nur kurz, meine Karte ist fast leer.

Norbert wählt, dabei sieht er sich unruhig um.

Norbert Ja, hallo, Herr Woiecikovecki, hier ist Norbert Krabbe … Da muss ich Sie korrigieren, ich bin immer noch auf Vorlohnstufe 3 … Das ist meine Frau, ich bin N-O-R-B-E-R-T Krabbe … »Bewerben mit Erfolg« hab ich doch schon … Ja, letztes Jahr … Doch, Kurs 1 und 2, beide … Okay, dann melde ich mich in vierzehn Tagen wieder. Tschüss, Herr Woi …

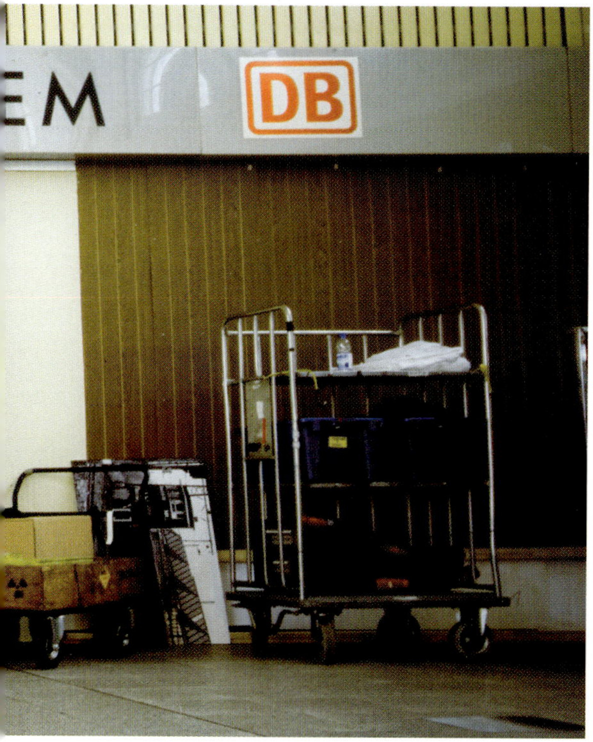

Er legt auf. Das Handy klingelt, der Klingelton ist eine James-Bond-Titelmelodie. Norbert schaut auf das Display.

Norbert *flüstert* Das ist Mama!

Ute Die lassen wir noch n bisschen schmoren.

31 ▶ Tagsüber in Krabbes Küche

Birgit sitzt derweil am Küchentisch mit dem Einschreiben, dreht es hin und her.

Birgit So, Norbert! Wer mich ärgert, den ärger ich auch ...

Sie zerreißt den Brief und wirft ihn in den Mülleimer, nimmt sich ein Bier aus dem Kühlschrank, prostet dem Eimer zu und genehmigt sich einen Schluck.

32 ▶ Tagsüber im Zug

Norbert sitzt neben Ute und atmet angestrengt ein und aus. Der Zug fährt. Ute isst Gummibärchen.

Ute *mit vollem Mund* Einatmen, ausatmen ... Papa, entspann dich!

Norbert Uhmm ... Uhmm ... Jetzt beschleunigt er.

Norbert erspäht den Schaffner am anderen Ende des Abteils. Er greift sich den Eimer, seinen Koffer und geht.

Ute Wo willst du denn jetzt hin?

Norbert Nix, n bisschen Bewegung. Ich laufe mal durch den Zug.

Ute Lass doch den Wassereimer hier!

Norbert *flüstert im Weggehen* Ach so, wenn dich einer fragt: Du bist dreizehn!

Norbert gibt ihr das Ticket. Ute hat nicht kapiert. Norbert verschwindet auf der Zugtoilette. Als er wieder herauskommt, trägt er die blumenbedruckten Gummihandschuhe der Blumenverkäuferin und ihren grünen Kittel. Und in der Hand den mit Wasser gefüllten Eimer. Er begibt sich schnell in den Zugflur, um die Fenster zu putzen.

DB-Schaffner Die Fahrausweise, bitte.

Eine türkische Putzfrau kommt an Norbert vorbei, ähnlich angezogen wie er. Sie trägt einen Müllsack und sammelt Abfall ein. Sie guckt blöd, zuckt mit den Schultern und läuft weiter. Plötzlich steht Ute hinter Norbert, er erschrickt.

Ute Was machst du denn hier?

Norbert Wenn ich mich beschäftige, ist mir nicht so schlecht.

Ute guckt ihn nur an. Der Schaffner kommt direkt auf Norbert und Ute zu und greift sich den Fahrschein.

DB-Schaffner Mann, was ist denn das für ein Geschmiere?

Die Scheiben sind so voller Schaum, dass man nicht mehr hinausgucken kann.

Norbert *imitiert einen schlechten türkischen Akzent* Alles sauberr machken. Uhmm ... Uhmm ...

Der Schaffner sieht sich Utes Ticket an.

DB-Schaffner Wie alt bist du?

Ute Dreizehn ...?

DB-Schaffner *mustert Ute skeptisch* Du willst dreizehn sein?

Norbert *mit türkischem Akzent* Nein. Isse sie elf, höchsetens zwölf Jahre!

DB-Schaffner Aber sehr groß für ihr Alter.

Norbert Nix groß, isse dick!

33 ▶ Tagsüber am Deck der Fähre

Während der Zug auf eine Fähre verladen wird, stehen Ute und Norbert an der Reling und schauen aufs Meer.

Ute »Dick«! Papa!

Sie stehen auf der Fähre von Puttgarden nach Rödby. Norbert klammert sich an die Reling.

Norbert Das hab ich doch nur so gesagt.

Ute Aber der denkt jetzt, ich bin dick.

Ute schaut auf ihr Ticket und mümmelt lustlos ihre Pommes.

Ute Und dreizehn!

Norbert *mit kurzem Blick auf die Pommes* Uhmm ... Uhmm, is mir schlecht. Was ham die überhaupt gekostet?

Ute Vier Euro.

Norbert Vier Euro?! Wie viel Geld ham wir denn eigentlich noch?

Ute Ich hab noch genug, und du?

Norbert *nickt* Uhmm ...

Ute Da kommt ein Kontrolleur.

Norbert fängt alarmiert an, die Reling zu putzen.

Norbert Wo? Wo?

Ute Das hab ich doch nur so gesagt!

Norbert Ruf mal Mama an. Die kommt bestimmt schon um vor Sorge.

Ute drückt Norbert die Pommes in die Hand und greift nach ihrem Handy. Norbert sieht auf das fettige Schälchen und wendet sich ab.

Norbert Ummh ...

34 ▶ Tagsüber in Krabbes Küche

Birgit tanzt ausgelassen zu WDR-4-Schlagermusik auf dem Küchentisch, die Bierflasche in der Hand. Das Telefon klingelt, aber Birgit hört es nicht. Bei einer besonders wilden Drehung kickt sie das Radio aus Versehen runter, es zerspringt auf dem Küchenboden und verstummt.

Birgit *atemlos* Ute ...! Die Mama is am Rufen ...!

35 ▶ Tagsüber im dänischen Zug

Wir hören eine Durchsage auf Dänisch. Ute sitzt auf ihrem Platz und lauscht der Musik aus dem Walkman. Norbert putzt Fenster. Abrupt lässt er die Arme sacken und lässt sich in seinen Sitz fallen. Ute reißt sich die Kopfhörer von den Ohren und wendet sich ihrem Vater sorgenvoll zu.

Ute Was ist, Papa? Ist dir schlecht?

Norbert Ich kann nicht mehr, mir tun die Arme weh.

Da betritt ein dänischer Schaffner den Korridor.

Schaffner *auf Dänisch* Billetkontroll! Die Fahrausweise bitte!

Norbert macht sich sofort wieder an die Arbeit. Aufgeregt reibt er das Tuch über die Scheiben. Der Schaffner kontrolliert Utes Ticket. Diese wirft ihrem Vater einen strafenden Blick zu. Der Schaffner schaut auf das Ticket und beäugt Ute kritisch. Schließlich gibt er ihr es wieder zurück und verlässt das Abteil.

Ute *belustigt* Die denken echt alle, du gehörst dazu.

Der Schaffner kommt zurück und wendet sich Norbert zu.

Schaffner *auf Dänisch* Toilettet skal gøres rent. Kom med! Kom så med mig nu!

Das Klo müssen Sie noch sauber machen. Kommen Sie mit! Mitkommen, na los!

Norbert erstarrt.

36 ▶ Tagsüber in Krabbes Küche

Birgit will das Radio in den Mülleimer werfen.

Birgit Dann geht doch alle!

Birgit stutzt und hält inne. Im Mülleimer entdeckt sie Teile des Briefes, darauf Zahlen und das Wort »Glückwunsch«.

37 ▶ Tagsüber im dänischen Zug

Schaffner *auf Dänisch* Se nu her.

Der Schaffner bleibt vor einer Tür stehen. Norbert und Ute rechnen mit dem Schlimmsten. Er öffnet die Tür, es ist das Klo.

Schaffner *auf Dänisch* Se nu her. Se så at få der gjort rent … Hier. Bitte sauber machen …

Er macht eine Putzbewegung. Ute und Norbert sehen sich erleichtert an.

Schaffner *auf Deutsch, mit dänischem Akzent* Ihr beiden Schwarzfahrer. So, und nun Toilette sauber machen …

38 ▶ Tagsüber in Krabbes Küche

Birgit leert den kompletten Inhalt des Mülleimers auf dem Tisch aus und wühlt hektisch darin. Ein Teil des zerrissenen Briefes ist zu sehen. Die Zahl fünfhundert steht da, und auf einem anderen Teilchen steht »null Euro«. Birgit fängt an, die Teile herauszunehmen und sie wieder zusammenzufügen.

Birgit *aufgeregt* Wat gehört hier denn jetzt wohin? ... Fünftausend Euro!

Die beiden Teile gehören nicht zusammen. Sie puzzelt neu.

Birgit Oh Gott, nee. Das ist mehr. *Sie freut sich* Das ist ja mehr.

Sie nimmt einen kräftigen Schluck aus der Flasche. Sie puzzelt wieder. Sie blickt auf den nunmehr komplett restaurierten Gutschein und heult.

Birgit *gehaucht* Das sind, das sind fünfhunderttausend Euro ... Was ... was ... was ...? »Ihren Gewinnanspruch müssen Sie persönlich innerhalb der kommenden zehn Tage in unserer Zentrale in Grevenbroich geltend machen.« Norbert?!

Birgit greift zum Telefon und wählt.

39 ▶ Nachts im Hauptbahnhof in Kopenhagen

Norbert und Ute haben mittlerweile Kopenhagen erreicht und schauen sich im Hauptbahnhof um.

Norbert Kopenhagen! Weißt du eigentlich, dass ich deiner Mutter hier den ersten Zungenkuss gegeben hab?

Ute Bäh!

Ihr Handy klingelt.

Ute Das is se!

Sie geht etwas angeekelt ran.

Ute Hallo, Mama.

Birgit *aus dem Off* Kind, Gott sei Dank! Wie geht's dir? Wo seid ihr denn?

Ute *triumphierend ins Handy* Wir sind in Kopenhagen!

40 ▶ Nachts in Krabbes Wohnzimmer

Birgit klammert sich aufgeregt an den Telefonhörer.

Birgit *strenger* Jetzt hör mir mal genau zu, ihr müsst sofort nach Hause kommen.

Ute *aus dem Off* Nee, ganz bestimmt nicht.

Birgit Gib mir mal den Papa.

41 ▶ Nachts im Hauptbahnhof in Kopenhagen

Ute *zu Norbert* Lass dich bloß nicht bequatschen.

Norbert *noch ganz verklärt* Birgit!

Birgit *aus dem Off* Norbert, du musst sofort zurückkommen.

Norbert Ich vermisse dich ja auch.

Birgit Wir müssen ganz dringend nach Grevenbroich! Du steigst jetzt in den nächsten Zug nach Hause und …

Norbert Nein, unser Zug fährt erst morgen. Und zwar nach Oslo.

Er legt auf und hält Ute ihr Handy mit langem Arm auf der flachen Hand entgegen.

Norbert Na, wie hab ich das gemacht?

In dem Moment fährt eine alte Frau auf ihrem Elektroscooter zwischen ihnen durch, schnappt sich das Handy und fährt davon.

Ute Toll, Papa!

Sie rennen der alten Frau hinterher. Der Elektroscooter ist offenbar frisiert, sie schaffen es kaum mitzuhalten.

42 ▶ Nachts in Krabbes Wohnzimmer

Birgit ist am Telefon. Sie wählt noch mal.

Birgit Oh, geh doch ran, bitte bitte ...

Es klingelt ins Leere.

43 ▶ Nachts auf der Straße in Kopenhagen

Norbert und Ute jagen derweil der alten Frau hinterher. Jedes Mal, wenn sie den Elektroscooter aus den Augen verlieren, ertönt von irgendwoher Utes Handy mit der James-Bond-Titelmelodie.

44 ▶ Nachts vor dem Tivoli

Die alte Frau sieht sich um, Norbert und Ute sind ihr immer noch auf den Fersen. Sie versucht das Handy abzuschalten, aber es klingelt immer weiter. Um es loszuwerden, schmeißt sie es in die Tasche einer Frau, die gerade an ihr vorbeigeht. Diese Frau ist Waltraut Schwarz-Ebershagen, die gestrenge Verkäuferin aus dem Einkaufszentrum. Der Elektroscooter verschwindet um die Ecke. Norbert und Ute bleiben stehen, ringen nach Luft. Das Klingeln ertönt jetzt hinter ihnen. Sie drehen sich um und stellen fest: Sie sind vor dem Eingang des Tivoli gelandet. Dort tummeln sich viele Menschen, unter anderem eine Horde deutscher Touristen mit Wikingerhelmen. Einer von ihnen ist Horst Schlämmer. Das Handy klingelt weiter, Norbert und Ute bewegen sich durch die Menge und versuchen es zu orten.

Waltraut Schwarz-Ebershagen *hört das Handy klingeln* Dass die Leute aber auch immer ihre Handys … *Laut in die Menge* Put it out! Put it out!

Sie wendet sich ihrem Mann zu, Reinhold Schwarz-Ebershagen.

Waltraut Reinhold, mach was.

Reinhold *laut* Das ist wirklich unmöglich. That's impossible!

Norbert und Ute stellen fest, dass das Klingeln aus Waltrauts Tasche kommt. Doch in dem Moment passieren Waltraut und Reinhold Schwarz-Ebershagen das Drehkreuz des Tivoli. Die Horde deutscher Touristen mit Wikingerhelmen drängt hinter ihnen zum Eingang. Norbert entdeckt zwei von ihnen, die abseits sitzen, einer ist Horst Schlämmer, zu betrunken, um weiterzulaufen. Norbert und Ute tauschen einen schnellen Blick.

45 ▶ Nachts in der Achterbahn des Tivoli

Die deutschen Touristen drängen grölend ins Tivoli. Norbert und Ute tragen mittlerweile zwei Wikingerhelme, lösen sich von der Gruppe und nehmen die Verfolgung von Waltraut und Reinhold Schwarz-Ebershagen auf, die vor der Achterbahn Schlange stehen. Das Handy klingelt. Waltraut dreht sich um die eigene Achse, um zu orten, wo das Klingeln herkommt.

Waltraut Handy aus. Put it out!

Norbert stürzt sich auf Waltrauts Tasche. Der Platzanweiser der Achterbahn wendet sich an Waltraut.

Platzanweiser How many?

Waltraut Two.

Der Platzanweiser öffnet die Tür eines Wagens und schiebt Waltraut und Norbert hinein. Waltraut realisiert, dass nicht Reinhold neben ihr sitzt.

Waltraut Das ist ja wohl jetzt nicht wahr. That's now not true!

Norbert Sie haben das Telefon von meiner Tochter!

Waltraut *angewidert* Oh, Deutsche! Umhh ...

Ute wird mit Reinhold auf die Rückbank desselben Waggons geschoben.

Reinhold Was wollen Sie von meiner Frau?

Der Wagen bewegt sich, Norbert realisiert, wo er sich befindet, und lässt von der Tasche ab.

Norbert Das geht gar nicht. Stopp. Anhalten, jetzt beschleunigt er! Uhm ...

Ute Ganz ruhig, Papa. Einatmen, ausatmen.

Waltraut Aber nicht neben mir.

Waltraut rückt, so weit es geht, von Norbert ab. Der Wagen steigt langsam nach oben. Reinhold ortet das Telefonklingeln.

Reinhold Waltraut, D-U klingelst!

Reinhold greift in ihre Tasche und geht an das Handy.

Reinhold *ins Handy* Tierarztpraxis Dr. Reinhold Schwarz-Ebershagen ...

Waltraut nimmt ihm das Handy aus der Hand.

Waltraut ... und Waltraut. Wer ist denn da?

Norbert nimmt ihr das Handy ab und klammert sich daran fest.

Norbert *stammelt* Birgit? Birgit ...!

Die Achterbahn hat den höchsten Punkt erreicht.

46 ▶ Nachts in Krabbes Wohnzimmer

Birgit sitzt mit dem Telefon in der Hand auf einem Sessel.

Birgit Norbert? Was ist, Norbert?

47 ▶ Nachts in der Achterbahn des Tivoli

Die Achterbahn rast im freien Fall nach unten. Alle erschrecken sich, nur Ute johlt vor Vergnügen.

Norbert *schreit ins Telefon* Ahhhhhhhhhhhhhhhhh!!!

Norbert lässt das Handy los. Es fliegt in den Abgrund.

48 ▶ Nachts im Wohnzimmer

Birgit mit dem Telefon in der Hand.

Birgit Norbert, wo ist Ute?

Sie wählt noch mal. Es gibt keine Verbindung. Birgit geht aufgeregt hin und her.

Birgit Oh mein Gott, oh mein Gott …

49 ▶ Nachts im Tivoli

Die Achterbahn spuckt den Wagen mit den erschöpften Norbert, Waltraut, Ute und Reinhold aus. Sie sehen sich jetzt im bunten Neonlicht zum ersten Mal richtig.

Waltraut Sie sind doch der Römertopf.

Norbert Und Sie der Deckel.

Waltraut holt eine Pillenpackung aus ihrer Tasche und schluckt einige Tabletten.

Reinhold Schnuffel, du kennst diesen … Mann?

Waltraut unterdrückt ein bellendes Husten.

Ute Sie haben mein Handy geklaut!

Waltraut Das wüsste ich aber. Der Römertopf hat es.

Die Schwarz-Ebershagens drehen sich auf dem Absatz um und gehen.

Ute Wie? Du hast es? Papa?

Norbert Nein.

50 ▶ Nachts in Reddemanns Keller

Günni Reddemann sitzt übermüdet am Computer und ersteigert etwas im Internet. Es klopft heftig gegen das Kellerfenster. Reddemann erschrickt und öffnet dann das Fenster.
Birgit beugt sich hinein.

Birgit Das ist ein Notfall!

Reddemann deutet ihr, doch lieber durch die Tür zu kommen.

51 ▶ Nachts in Reddemanns Keller

Birgit steht mit einem riesigen Umzugskarton, voll mit überflüssigen gewonnenen Haushaltsgeräten in der Tür. Sie stürmt hinein und steuert direkt auf einen Tisch zu, wo sie den schweren Karton unter Ächzen absetzt und flink ausleert.

Reddemann Was ist denn?

Birgit Günter, Gott sei Dank. Hier, das muss alles ins Netz! *Sie bricht innerlich zusammen.* Ich muss sofort nach Norwegen zu meinem Mann.

Reddemann Zum Norbert-Krabbe-Fjord? *Wird wach.* Ist was Schlimmes passiert?

Birgit *heulend* Ich weiß es nicht, bei ihm nimmt so ne komische Frau ab und sagt, sie ist die Deutsche Bahn, und bei Ute war ein Dr. Reinhold Schwarz-Ebershagen dran und dann eine Waltraut und dann wieder Norbert, und der hat gebrüllt wie am Spieß. Und Schluss ... danach nix mehr ...! Kennst du n Dr. Schwarz-Ebershagen?

Reddemann schüttelt den Kopf. Birgit holt ein letztes Teil aus einem Umzugskarton und stellt es auf die Theke, die ist nun voll mit billiger Ramschware.

Birgit Wie viel krieg ich wohl dafür?

Reddemann Das ist Schrott.

Birgit Hömma, Günni, wär dat nix für dich?

Reddemann Also gute Nacht.

Entschlossen zieht sie ihren Ehering vom Finger.

Birgit Was krieg ich hier für?

Reddemann Mach doch kein Quatsch jetzt!

Birgit Mir wars noch nie so ernst.

Sie drückt ihm den Ehering in die Hand.

Birgit Günni, egal, was du mir gibst, du kriegst es doppelt und dreifach zurück.

52 ▶ Tagsüber auf einem Platz in Kopenhagen

Norbert und Ute stehen mit Koffer, Rucksack und Eimer auf einem wunderschönen Platz.

Norbert *aus dem Off* Jetzt schön inne Wanne.

Ute entdeckt einen Pölserverkäufer, der sich als Touristenattraktion »Kleine Meerjungfrau« verkleidet hat und die Hotdogs auf seinem Bauchladen zubereitet.

Ute *zu dem Pölserverkäufer* Two, oder nee, four Pölser, please.

Norbert Hast du mal Kleingeld, ich muss Mama anrufen.

Ute *gibt ihm ein paar Münzen* Man könnte echt meinen, du hast gar kein Geld dabei …
Ich hab schon die Jugendherberge bezahlt.

Norbert eilt auf eine Telefonzelle zu.

Ute *ruft hinter ihm her* Wo is n eigentlich dein Handy?

Ute blickt auf eine Europakarte und fährt mit dem fettigen Finger darüber.

Ute *aus dem Off* Guck mal, so viel ham wir schon geschafft.

Norbert *aus dem Off* Wieso geht sie nicht ans Telefon? Die ist bestimmt besoffen. Ich mach mir langsam wirklich Sorgen.

Ute Das ist gar nicht so weit. Das sind noch fünf Zentimeter. Mit dem Zug sind wir in …

Norbert Nee, mich kriegst du nicht mehr in den Zug. Und ich putze auch nicht mehr.

Ute Du hast recht. N bisschen Bewegung tut uns ganz gut.

Sie läuft los. Norbert sieht ihr seufzend nach und erhebt sich.

53 ▶ Tagsüber im Reisebüro am Bahnhof

Birgit sitzt in einem kleinen, piefigen Reisebüro im Bahnhof von Wanne. Ihr gegenüber eine extrem genervte Reisebüroangestellte mit diversen geöffneten Flugplänen und Katalogen. Nebenbei frühstückt sie.

Angestellte *genervter Singsang* Hallo?! Da ist Mö-bel-mes-seee.

Birgit Ich bin nicht schwerhörig. Wollen Sie mir etwa sagen, es geht kein Flug nach Oslo von Wanne?

Angestellte Doch, aber die ganze Woche ist ausgebucht … Und von Wanne sowieso nicht.

Birgit Ich will ja auch eigentlich auf die Lofoten.

Angestellte Ich weiß, aber da müssen sie über Oslo, und da ist Mö-bel-mes-se.

Birgit Was ist denn das für n Ton?

Angestellte Fahren Se doch mit m Zug!

Birgit Das könnte Ihnen so passen. Meinen Sie, ich kann mir keinen Flug leisten?

Sie verlässt den Laden.

54 ▶ Tagsüber auf der Öresundbrücke

Norbert und Ute, schon sehr matt nach dem langen Fußmarsch, laufen an einer großen Straße entlang. Sie versuchen per Anhalter weiterzukommen, aber die Autos fahren an ihnen vorbei.

Norbert Um die Zeit ist Mama an sich immer zu Hause.

Ute Guck, da vorne ist Schweden.

Die Öresundbrücke erstreckt sich kilometerlang vor ihnen. Ute ist strammen Schrittes vorneweg, Norbert fällt immer wieder zurück, sie zieht ihn mit sich. Autofahrer schauen erstaunt auf die beiden einsamen Fußgänger, aber niemand hält an. Als sie etwa auf der Hälfte der Brücke sind, bleibt Norbert abrupt stehen und ringt nach Atem. Ute bemerkt es und dreht sich zu ihm um.

Ute *ruft ihm zu* Was ist?

Norbert *ruft ihr zu* Wie alt bin ich eigentlich? Zwölf?

Ute Was?

Norbert Das ist doch verrückt!

Ute *strahlt* Ja, super verrückt. Geil, oder?

Norbert *zu sich* Schluss. Wir fahren sofort zurück. *Ruft* Ute!

Wir hören ein Hupen. Neben ihnen, mitten auf der Brücke, hält ein kleiner klappriger Lieferwagen. Darauf steht »Lars ser din Fremtid«, zu Deutsch »Lars sieht Ihre Zukunft«, und eine Telefonnummer. Am Steuer sitzt Lars.

Lars *sehr langsam* Har du Sukker? Haben Sie Zucker?

Ute starrt Lars an und ist sofort wie hypnotisiert.

Norbert Was?

Lars Ah ... Deutsch?! ... Haben Sie ... Zucker?

Norbert Zucker? Ich? Nö. N bisschen niedrigen Blutdruck vielleicht, aber Zucker ...

Ute löst sich aus ihrer Starre und kramt in Windeseile eine Tüte Gummibärchen hervor.

Lars Für Kaffee.

Er hält eine Kaffeekanne hoch.

Ute Kaffee, gerne!

Sie will vorne einsteigen.

Ute Ich bin Ute.

Norbert quetscht sich dazwischen.

Norbert Norbert Krabbe.

Ute setzt sich maulend hinten in den Wagen.

55 ▶ Tagsüber in Lars' Auto

Lars versenkt ein paar Gummibärchen in seinem Kaffee und rührt um. Ute quetscht sich von hinten zwischen die Vordersitze und starrt ihn verliebt an. Norbert sitzt daneben und beobachtet seine Tochter skeptisch.

Lars Ja … *Atmet ein* Jag kommer fron Bergen. Hvor kommer du fron?

Die beiden verstehen nix. Norbert schnuppert.

Norbert Also, irgendwas riecht hier streng.

Lars Mhm … woher kommst ihr?

Ute *beginnt zu flirten* Wanne!

Lars Wanne? … Äh? Dusche?

Lars macht eine Duschbewegung, dabei hebt er den Arm. Norbert ortet, dass der Geruch von Lars kommt.

Norbert Ich mach mal n bisschen das Fenster auf.

LINES

Ute Unsere Stadt heißt so ... wo wir herkommen.

Lars Wanne? ... Warum?

Norbert Machst du hinten auch mal auf?

Lars Wanne?! Wanne?!

Er schüttet sich aus vor Lachen. Ute lacht mit. Lars gibt Gas. Norbert klammert sich am Eimer fest.

Norbert Oh, jetzt beschleunigt er. Uhmm ... Uhmm ...

Ute hat nur Augen für Lars. Norbert steckt seinen Kopf aus dem Fenster.

56 ▶ Tagsüber im Bahnhof in Wanne

Birgit verlässt den Bahnhof in Wanne-Eickel und steigt in ein Taxi.

Birgit Castroper Straße 167, bitte.

Der erste Taxifahrer startet den Motor.

Birgit *überlegt* Nee, Moment ... Nach Oslo!

Taxifahrer Osloer Straße ... in Herne?

Birgit Oslooo, die Stadt!

Taxifahrer Nach Finnland?

Birgit Ach ... mit Ihnen komme ich da nie hin!

Sie steigt aus und gleich in das nächste Taxi ein.

Birgit Nach Oslo bitte.

Ein pakistanischer Taxifahrer lächelt sie an.

Kele *mit Akzent* Hautobahn oder Landweg?

Birgit Schnell.

Er fährt los.

57 ▶ Tagsüber auf der Straße in Schweden

Lars und Ute hören mittlerweile laut Musik. Sie fahren sehr schnell. Norbert hat den Kopf aus dem Fenster gehängt.

Norbert Langsam, bitte!

Die beiden lassen sich nicht stören, beachten Norbert gar nicht. Lars wühlt in seiner Jackentasche.

Lars Ich lese die Karte für euch …

Norbert Wir wissen, wo wir hinmüssen.

Lars Nee … die Karte …

Er zieht ein Kartenspiel aus seiner Jackentasche und zeigt es Norbert und Ute.

Norbert *überdeutlich* Bitte, nicht so schnell fahren, ja?

Ute Wow, du kannst Kartenlegen?!

Lars Nur eintausendfünfhundert … Kronen.

Ute Au ja!

Norbert zieht die Handbremse, der Wagen bleibt stehen.

Lars Oh-oh …

Norbert steigt aus.

Norbert Komm, Ute, wir laufen!

Ute Aber warum denn?

Norbert Komm!

Ute folgt ihm widerwillig, dreht sich immer wieder zu Lars um. Er startet den Motor, der stottert und startet nicht. Ute bleibt stehen.

Ute Die Zündkerzen! … Ich klemm mich da mal drunter.

Sie rennt zurück.

58 ▶ Tagsüber auf der Autobahn in Deutschland

Im Taxi rast man über die Autobahn. Kele wendet sich nach hinten zu Birgit, die gerade ihren Gewinnschein über fünfhunderttausend Euro betrachtet.

Kele In Lotto gewonnen, oder was?

Birgit Wieso?

Kele In Taxi bis Norwegen?!

Birgit Das geht Sie gar nichts an!

Kele Für mich ist wie Lottogewinn ... Bisschen Musik?

Birgit Meinetwegen.

Er schaltet das Radio an, Uschi Blums »Mittsommerblues« ertönt. Birgit ist erfreut und packt ihren Gewinnschein in die Handtasche.

Kele Oh, Uschi Blum hör ich gern ...

Lars startet den Wagen, nach kurzem Zögern springt der Motor an. Ute steht ölverschmiert neben Norbert. Sie seufzt, als Lars losfährt, und winkt traurig hinter ihm her.

Ute Och, und er roch so gut!

Norbert Ja, wie n Elch.

Plötzlich fällt ihr Blick auf das Nummernschild. Sie stupst Norbert an und macht ihn darauf aufmerksam.

Ute Da, das Nummernschild! Das is n Norweger!

Norbert N-O-R-W-E-G-E-N!

Sie rennt los, Norbert hinterher.

Norbert *atemlos* Und das fällt dir jetzt erst auf?!

60 ▶ Tagsüber auf der Autobahn in Deutschland

Kele und Birgit im Taxi. Sie hat es sich auf der Rückbank bequem gemacht und mümmelt Kekse. Im Radio läuft eine Werbung für Canicalm, ein Beruhigungsmittel für Hunde: ein Jingle, das Bellen eines Hundes.

Herrchen Ruhig! Mach Platz! Aus!

Eine sonore Werbestimme Machen Sie sich nicht verrückt, »Canicalm«.

Macht Hunde müde. *Ein Hundegähnen.*

Kele Aber warum?

Birgit Da ist Mö-bel-mes-se.

Kele In Köln auch ... in Herbst ... guter Geschäft.

Birgit Und dann war ein Dr. Reinhold Schwarz-Ebershagen am Telefon und Waltraut und dann mein Mann, der hat gebrüllt wie am Spieß. Das klang wie Mord und Totschlag ...

Kele schüttelt den Kopf, isst auch einen Keks und sagt was Unverständliches.

Birgit Was?

Kele Klare Fall. Die haben ihre Mann umgebracht, weil die wollten der Auto.

Birgit Welches Auto?

Kele Der Ford.

Birgit Nein, »Fjord«, mein Mann hat so n Fluss gewonnen, auf den Lofoten.

Kele Gratuliere. Warum sind sie nicht D-A-H-I-N geflogen?

Birgit *genervt* Weil man da über Oslo muss!

Kele Aber warum nicht mit Flugzeug?

Birgit Da ist Mö-bel-mes-se! ...

Es läuft laut Schlagermusik.

61 ▶ Tagsüber an der schwedisch-norwegischen Grenze

Lars' Pkw fährt über die Grenze, dem Abend entgegen. Die schwedische Fahne bleibt hinter ihnen und wird von der norwegischen abgelöst. Norbert sitzt bei geöffnetem Fenster hinten und blättert in einem deutsch-norwegischen Wörterbuch. Ute, jetzt auf dem Vordersitz, himmelt Lars an.

Ute *zu Lars* Oslo muss ja total schön sein!

Norbert Klar. Der Hafen, das Schloss ...

Lars *atmet dabei ein* Ja ... und äh ... im Moment is Möbelmesse.

Norbert wird im Wörterbuch fündig.

Norbert So, ich habs! »Seife – Sope«.

Lars Sope?

Ute *dreht sich wütend um* Papa! *Zu Lars* Schade, wenn wir ankommen, ist es schon dunkel.

Lars *lacht* »Dunkel«??

Norbert *schüttelt den Kopf* »Dunkel«! Also wirklich, Ute ...

Sie schmollt.

Lars Und auf Lofoten macht ihr Urlaub?

Ute *spitz* Uns gehört da ein Fjord.

Lars Wasser? Aber der gehört in Norwegen alle.

Norbert Nein, der Fjord bekommt meinen Namen ... Norbert-Krabbe-Fjord.

Ute Der liegt direkt neben dem Mette-Marit-Fjord!

Lars Du musst ein wiktiger Mann sein, Norbert. Gratulera ... Hast du keine Frau?

Norbert schluckt.

62 ▶ In der Dämmerung auf dem Fähranleger Rödby

Das Taxi rollt in Dänemark von der Fähre.

63 ▶ In der Dämmerung im Taxi auf der Öresundbrücke

Birgit sitzt am Steuer des Taxis. Sie genießt es, das Gaspedal durchzutreten, und isst den letzten Bissen eines Hotdogs. Es sieht aus, als fahre sie alleine weiter.

Birgit *schaut in den Rückspiegel* Kopenhagen ...! Hier hab ich meinem Mann den ersten Zungenkuss gegeben.

Kele Bäh!

Birgit *mit vollem Mund* Ist Ihnen immer noch schlecht?

Wir sehen Kele auf der Rückbank liegen. Er fährt sich mit einem Tuch über das verschwitzte Gesicht.

Kele Ich wusste nich, dass wir mit Schiff fahren mussen.

Birgit *mit vollem Mund* Essen Sie Ihrs nicht?

Er winkt ab. Birgit greift auf seinen Schoß nach einem frischen Hotdog und beißt rein.

Birgit Ha, also, ich fühl mich irgendwie ... frei! Ich geb mal n bisschen Gas.

Kele Nicht mehr beschleunigen, bitte!

Birgit Wieso? Ist doch dunkel!

Kele erhebt sich von der Rückbank.

Kele Ich weiß jetzt ... Mann ist abgehauen, stimmt?

Birgit, verärgert von seiner Frage, startet durch, dabei verzieht sie ihr Gesicht zu einer Grimasse. Plötzlich wird sie geblitzt.

■ 64 ▶ Zur Sommernacht auf einem Rastplatz

Lars' Auto steht auf einem Rastplatz mit wunderschönem Blick über Oslo. Ute, Lars und Norbert essen Fastfood. Die Landkarte ist als Tischdecke ausgebreitet, Norbert zeigt mit einer Pommes darauf.

Norbert Bis dahin müssen wir noch, n Drittel ist fast geschafft! Aber zwei Drittel müssen wir noch. Wie dat alles gehen soll …?

Lars Schmeiße wir ein Blick auf Zukunft!

Lars holt sein Kartenspiel heraus, es ist ein abgegriffenes Hundequartett.

Norbert Mit nem Hundequartett!

Lars legt die Karten auf den Tisch. Norbert und Ute schauen gespannt. Vor ihnen eine Karte mit einem Collie.

Ute Lassie!

Lars Der Collie steht für Liebe.

Er legt eine Dogge.

Lars Der Hund ist schlecht … *Deutet auf die Dogge* Es könnte sein, dass deine Frau bald in ein andere verliebt?

Norbert Was? In wen?

Ute Der Hund sieht aus wie Günni Reddemann!

Meint die Dogge.

Lars Wann hast du ihr das letzte Mal gesagt, dass ich dir liebe?

Peinliche Stille. Lars legt eine weitere Karte auf den Tisch: ein weißer Pudel.

Lars *atmet ein* Oh … ich sehe bei euch zu Hause viel … äh … wie sagt man …

Norbert Ärger! Das ist wie beim Kegeln, da ist der Pudel auch nicht gut.

Lars verneint erstaunt, es fällt ihm ein.

Lars ... Mund!

Norbert Mund?

Lars fasst sich an den Hals.

Ute Hals? Ich hatte im Winter Halsschmerzen. Wow ... das sieht er.

Norbert entdeckt etwas im Wörterbuch.

Norbert Munt ... Münzen.

Lars Ja ... *Atmet ein* ... Münzen! Viel Geld sehe ich bei euch zu Hause!

Norbert Na ja.

Norbert sieht Ute an und verdreht die Augen.

Ute Aber mit dem Hals hatte er recht.

Norbert D-U hattest recht.

65 ▶ Nachts im Taxi auf der Autobahn in Schweden

Mittlerweile schläft Kele mit offenem Mund auf der Rückbank.

Birgit Heyhey, weiter zuhören, sonst schlafe ich ein.

Sie schüttelt ihn. Er schreckt auf.

Birgit So ... wat habe ich gesagt?

Kele Dann hat Norbert noch eine Zitruspresse gewonnen, ein Waffeleisen, Pfanne aus Edelstahl ...

Birgit Zwei Pfannen ...

Kele Dann weiß ich nicht mehr ... und Geld? Kein Geld?

Birgit Das geht Sie gar nichts an.

Plötzlich entdeckt sie in der Ferne etwas.

Birgit Oh-oh.

Kele starrt erschrocken nach vorne. Eine Polizeikontrolle auf der Autobahn winkt den Wagen heraus.

66 ▶ Sommernacht auf einem Rastplatz

Auf dem Rastplatz in Oslo. Lars legt weiter Karten aus seinem Hundequartett. Vor ihnen liegt ein Schlittenhund.

Lars Oh-oh, Schlittenhund is Gefahr …

Norbert Der ist doch ganz süß!

Ute Und was is jetzt mit Lassie?

Norbert Was für eine Gefahr?

Lars *besorgt* … uhm, Mord. Totschlag!

Ute Wie siehts denn bei mir mit der Liebe aus?

Norbert Hoffentlich ist Mama nichts passiert.

67 ▶ Nachts im Taxi auf der Autobahn in Schweden

Der Wagen steht mittlerweile. Ein Polizist zeigt Birgit ein schreckliches Foto, auf dem sie eine Grimasse mit dem Mund zieht.

Birgit Das bin ich definitiv nicht …

Kele schaut von hinten auf das Foto.

Kele Ich auch nicht.

Polizist Machen Sie bitte mit der … wie sagt man!?

Er klopft auf den Mund.

Birgit Mund!?

Polizist Genau … So!

Er macht die Fratze vom Foto nach.

Kele Mussen Sie nicht. Ich hab Jura studiert! I am her lawyer send everything to Germany to Wanne.

Polizist *amüsiert* Wan-ne?! Wanne!

68 ▶ Sommernacht im Lieferwagen mit schönem Blick auf Oslo

Weiterhin auf dem Rastplatz. Norbert liegt zwischen Ute und Lars auf der Rückbank des Lieferwagens, die zu einem Bett umgestaltet ist. Norbert liegt dicht an Ute, um Lars' Geruch auszuweichen, und hält ein Handy an sein Ohr.

Ute Oh, Papa, bleib auf deinem Drittel, ich werd hier voll eingequetscht. Musst du denn unbedingt in die Mitte?

Norbert *lauscht in das Handy* Anrufbeantworter …

Ute Ja, dann sag es … *Sie schiebt ihn von sich weg.* Wir können doch einfach tauschen.

Norbert Vielleicht könnte Lars sich vorne auf die Bank … *Ins Handy* Ich liebe dich … So, jetzt hab ichs gesagt.

Norbert schließt das Handy und gibt es Lars.

Ute *zuppelt an den Vorhängen* Das macht einen ja verrückt, wie hell das hier ist.

Die Vorhänge sind zu, aber es dringt immer noch Licht hindurch. Lars verschränkt die Arme hinter dem Kopf, Norbert dreht sich weg.

Lars Mitternacktssonne. Is das ganze Sommer.

Ute Und im Winter is dafür immer dunkel?

Lars Und kalt.

Sie setzt sich auf und lehnt sich halb auf Norbert, um Lars näher zu sein.

Ute Das muss ja romantisch sein.

Lars *atmet ein, desinteressiert* Ja.

Ute schaut sich die Hundekarten an.

Ute Ich zieh mal ne Karte.

Lars gähnt.

Ute Wofür steht denn der Cockerspaniel? Der sieht dir n bisschen ähnlich, findste nicht?

Sie stützt sich auf Norbert, um Lars die Karte zu zeigen, aber Lars schläft und schnarcht leise.

Ute *flüstert* Süüß! ... Sollen wir nicht mit ihm nach Bergen fahren?

Norbert *flüstert* Ute, Bergen is da ... *Er zeigt angewidert in Lars' Richtung* ... wir müssen aber nach da ... *Er zeigt in die andere Richtung.*

Ute *flüstert* Aber von Bergen geht n Schiff. Lars arbeitet auf dem Schiff, und da könnten wir doch ...

Norbert *flüstert* Klar, ich fahr gern nen Riesenumweg mit m Schiff, damit du den Stinkmorchel hier weiter anhimmeln kannst. Und kost ja auch nix, so ne Schiffsreise.

Ute schmollt. Sie klettert über Norbert und Lars aus dem Auto und stapft in die helle Nacht.

Norbert Wo willst du hin?! Es ist mitten in der Nacht ...

Lars *wird wach* Ich gucke mal.

Er steigt aus und knallt die Autotür vor Norberts Nase zu. Norbert rüttelt an der Tür: Sie ist verschlossen.

Norbert Das ist ja wohl jetzt nicht wahr. Thats now not true!

Er öffnet die Vorhänge und sieht, wie Lars Ute hinterherläuft.

Norbert Ute! Doch nicht mit dem Elch!

69 ▶ Sommernacht im Taxi auf der Autobahn an der schwedisch-norwegischen Grenze

Das Taxi erreicht die Grenze. Kele fährt nun wieder. Die schwedische Fahne bleibt hinter ihnen und wird von der norwegischen abgelöst. Birgit schnarcht mit offenem Mund auf dem Beifahrersitz. Kele spricht freudig aufgeregt in sein Handy.

Kele *auf Pakistanisch* Ah Pakele, main Kele, ham aap ke makaan-ke nazdik hai, miltehai phir main aa-rahaa-hun, chuda hafiz. Ah Pakele, ich bins Kele. Ich bin grade in der Nähe … Ja … Ja, ich komme gleich vorbei …

Er legt auf und rüttelt an Birgit.

Kele So, aufstehen, ist wieder hell.

Birgit Was? Was? Ich bin doch gerade erst eingenickt.

Kele Sie haben gesagt, wenn hell ist, soll ich Sie wecken … ist hell.

Birgit schaut auf die Uhr. Es ist drei.

Birgit Schon drei Uhr nachmittags?

Kele Nachts. Mittagsnachtsonne!

Birgit Erst wieder wecken, wenns dunkel ist.

70 ▶ Tagsüber in Lars' Auto in Oslo vor Schloss

Am nächsten Morgen. Norbert sitzt auf dem Rücksitz von Lars' Lieferwagen, hält sich an seinem Eimer fest und beobachtet argwöhnisch, wie Ute sich vorne an Lars schmiegt. Ihr Haar ist wild toupiert, sie trägt eines von Lars' Holzfällerhemden. Die beiden trinken Kaffee.

Lars *zu Ute* Min blotkake.

Ute kichert.

Norbert Was hat der gesagt?

Ute *herablassend* Och, Papa!

Norbert blättert in seinem Wörterbuch.

Ute Weißt du, was »Tungekyss« heißt? »Zungenkuss«!

Norbert So, jetzt ist Feierabend. Raus. Sofort raus.

Lars' Lieferwagen hält an einer roten Ampel, direkt vor dem Schloss in Oslo.

Ute steigt aus und lässt Norbert raus.

Norbert *zu Lars* So, vielen Dank für alles ... »alles«! Obwohl, das war ja wohl n bisschen zu viel des Guten. Komm, Ute, nimm deine Sachen!

Ute sieht ihn bedröppelt an.

Norbert Jetzt mach nicht so n Gesicht. Guck, das Schloss, hier wohnt Mette Marit.

Ute küsst Norbert auf die Wange, er weicht vor dem Geruch zurück.

Norbert Und lass ihm bloß das Stinkehemd hier.

Die Ampel wird grün. Lars winkt.

Lars Norbert, Ute, til lykket!

Ute springt wieder in den Wagen. Die Autos hinter ihnen hupen ungeduldig. Lars guckt Ute fragend an.

Ute Ja, fahr!

Lars gibt Gas.

Ute *weiter* Tschüs, Papa.

Norbert bleibt verloren zurück, mit seinem Koffer und dem Eimer auf dem Schlossplatz von Oslo.

71 ▶ Tagsüber im Taxi vor Pakeles Haus

Keles Taxi ist vor einem Mietshaus in Oslo geparkt. Birgit schläft immer noch auf dem Beifahrersitz. Der Wagen von Lars fährt an dem Taxi vorbei. Birgit wird wach. Auf dem Fahrersitz thront ein riesiger hässlicher Schlittenhund aus Plüsch. Birgit erschrickt. In dem Moment öffnet Kele die Fahrertür und greift nach dem Stofftier.

Birgit Kele ... wo sind wir, schon auf den Lofoten?

Sie sucht wieder einmal den Gewinnschein in ihrer Tasche!

Kele Schnell, Bigit, komm ...

Er zieht sie mit sich zu dem Mietshaus.

Birgit Hast du Norbert gefunden?

72 ▶ Tagsüber auf dem Gleis im Bahnhof von Oslo

Norbert steht auf dem Bahnsteig. Er holt den goldenen Schlüssel aus seiner Hosentasche, betrachtet ihn gedankenverloren und schaut sich um. Da erklingt laute Blasmusik. Norbert dreht sich um und sieht eine Musikkapelle, die am gegenüberliegenden Bahnsteig aufspielt. Norbert liest die Anzeigentafel: Jubileumsexpressen Bergen.

Kele zieht Birgit in eine Küche, die aussieht wie die Küche der Krabbes in Wanne: vollgestellt mit teils noch originalverpackten Haushaltsgeräten. Alles Billigware, alles mit Werbung – hier allerdings auf Norwegisch – für andere Produkte bedruckt: zwei Zitruspressen, drei Kaffeemaschinen, zwei Toaster. Aus dem Radio dröhnt laute Schlagermusik, unterbrochen von der norwegischen Version der »Canicalm«-Werbung. Pakele, eine pakistanische Frau in Birgits Alter, steht am Kühlschrank und lässt unauffällig eine Bierflasche verschwinden.

Kele Das ist Pakele, meine Schwester. Vier Jahre nicht gesehen.

Kele fällt Birgit weinend um den Hals.

Kele Danke, Bigit. Danke, danke, danke! Ist fur mich wie Lottogewinn.

Pakele steht vor einer nagelneuen Waschmaschine und drückt lustlos ein paar Knöpfe, nichts passiert. Sie tritt dagegen.

Pakele *ruft auf Pakistanisch* Abigail! Johr-se-Bola Ami Pukar. Abigail! Raki-Hai Aaja-Re Aa-Be-Ja-Na. Abigail! Komm mal! Die Mama ist am Rufen. Abigail! Boh ich hab so einen Hals!

Abigail, ihre Teenagertochter, erscheint mit einer Tüte Gummibärchen in der Küchentür.
Kele überreicht ihr den Schlittenhund. Abigail reagiert höflich, aber irritiert und klemmt sich sogleich unter die Waschmaschine. Birgit beobachtet das alles wie einen Albtraum. Sie sammelt sich.

Birgit Ich geh mal aufs Klo.

Kele Badezimmer ist Tür gleich gegen …

Birgit wartet seine Erklärung nicht ab, sie weiß, wo das Bad ist.

74 ▶ Tagsüber im Zug von Oslo nach Bergen

Es herrscht ausgelassene Stimmung. Die Passagiere haben Kaffee und Kuchen, und sie singen das norwegische Lied »Gratulera, gratulera …«. Norbert sitzt atmend mit Eimer und Koffer stumm dazwischen.
Der Schaffner erscheint.

Norbert Einatmen, ausatmen … Uhmmm …

Schaffner *auf Norwegisch* Vil du ha kaffe og kaker? Möchten Sie Kaffee und Kuchen?

Norbert *wie gelähmt* Das Ticket hat meine Frau … und die ist auf dem Klo … ihr ist nicht gut … und mir auch nicht.

Schaffner Deutsch?

Norbert knöpft sein Hemd auf und zeigt auf sein T-Shirt, auf dem das Familienfoto abgedruckt ist.

Norbert Ach, ist ja jetzt auch egal. Ich muss zu meiner Tochter nach Bergen, verstehen Sie? Meine Tochter ist mit diesem Stinkmorchel abgehauen. Und meine Frau weiß von all dem nichts … Die ist nämlich gar nicht auf dem Klo, die ist auch weg … Bestimmt ist sie in Grevenbroich. Und ich will auf die Lofoten, wegen meinem Fjord, Norbert-Krabbe-Fjord. Aber was soll ich da, ohne meine Familie?

Er kramt die Packung »Canicalm« hervor und nimmt eine Tablette heraus.

Schaffner Möchten Sie Kaffee und Kuchen?

Norbert reagiert nicht. Er bricht in ein kurzes Bellen aus, dann stiert er wieder apathisch vor sich hin.

Schaffner Die Eisenbahnstrecke zwischen Oslo und Bergen wird einhundert Jahre alt. Heute ist freie Fahrt und alles gratis.

75 ▶ Tagsüber in Pakeles Bad

Birgit setzt sich erschöpft auf die geschlossene Toilette und atmet auf.

Birgit *bedrückt* Norbert, wo bist du?

Pakele *ruft* Nobo! N-O-B-O!

In der Wanne taucht Nobo, Pakeles Mann, aus dem Schaum auf. Birgit sieht ihn an.

Birgit Norbert?!

Norbert stiert immer noch apathisch vor sich hin, der Zug fährt weiter.

Schaffner Möchten Sie Kaffee und Kuchen?

Norbert kommt zu sich, vor ihm stehen Kaffee und Kuchen. Er kratzt sich hundemäßig hinterm Ohr, erschrickt, kramt die »Canicalm«-Packung heraus.

Norbert Boh, mein lieber Scholli!

Der Wagen von Lars fährt parallel zum Zug. Norbert bemerkt ihn nicht.

77 ▶ Tagsüber in Lars' Auto zwischen Oslo und Bergen

Ute schmiegt sich im Auto an Lars. Er lächelt, entzieht sich aber.

Ute Und dann war ich auf der Konrad-Adenauer-Gesamtschule in Wanne. Da war ich Klassenbeste, und danach bin ich dann auf die Berufskollegschule in Dortmund, zwei Jahre. Und da hab ich dann meine Ausbildung zur Kfz-Mechanikerin bei Herkel in Wanne angefangen, du, und das ist kein schlechter Betrieb.

Lars *atmet ein* Ja?

Ute Interessiert dich das eigentlich?

Lars *mechanisch* Doch, doch, doch, doch …

Ute Und die Prüfung hab ich mit Eins bestanden.

Lars lächelt gequält. Ute nimmt das Hundequartett und hält die Karte mit dem Cockerspaniel hoch.

Ute Süß! Der sieht wirklich aus wie du.

Lars Der Cockerspaniel … der steht für unglückliche Liebe.

Ute Quatsch.

Lars Die Karten lüge nicht.

Ute Is doch sowieso nur n Hundequartett.

Lars schweigt beleidigt und beschleunigt.

Lars Wo soll ich dich eigentlich … wie sagt man … absetzen?

Ute *fassungslos* Nee, ne?

Lars Nich traurig sein.

Er kneift sie in die Wange. Sie sieht ihn an. Ohne den Blick von ihm zu wenden, kurbelt sie das Fenster runter und hält das Hundequartett in den Fahrtwind.

78 ▶ Tagsüber im Taxi zwischen Oslo und Bergen

Keles Taxi braust durch eine fantastische Landschaft, es herrscht dicke Luft.

Kele Nein, ich fahre nicht bis zu Lofoten, nur bis Bergen, und dann nimmst du ein Schiff.

Birgit *aufgebracht* Aber warum nicht?

Kele Weil ich wieder zu meiner Schwester will. Vier Jahre nich gesehen.

Birgit Kele, das Schiff braucht länger als du! … und ich habe nur noch acht Tage Zeit … Bitte, Kele!

Birgit sinkt in sich zusammen.

Birgit Herrje! Was mach ich eigentlich hier? Norbert sitzt bestimmt schon irgendwo im Knast. Der hat doch gar kein Geld. Der muss doch klauen oder schwarzfahren.

Kele Was war schwarz?

Birgit Schwarzfahren.

Kele Ihr Deutsche! Schwarz ist immer alles schlecht. Schwarzfahren, schwarzsehen, schwarzarbeiten, Schwarzgeld … Und weiß ist alles gut: Weißwurst, Weißwein, Weißbrot …

Birgit Es gibt aber auch Schwarzbrot.

Kele Ja, aber schmeckt nicht.

79 ▶ Tagsüber im Zug zwischen Oslo und Bergen

Im Jubiläumszug. Waltraut und Reinhold Schwarz-Ebershagen betreten mit ihrem voluminösen Gepäck das Zugabteil. Sie setzen sich so, dass Reinhold Rücken an Rücken mit Norbert sitzt.

Waltraut Ich muss aber in Fahrtrichtung sitzen. In driving direction.

Sie übersetzen alles auf Englisch in die Runde, auch wenn es die anderen Passagiere nicht sonderlich interessiert, agieren sie immer für ein größeres Publikum. Reinhold und Waltraut tauschen die Plätze, sodass sie jetzt hinter Norbert ist.

Waltraut Das zieht hier aber wie Hechtsuppe ... Oh, it pulls like ... like fish soup. Ist das Fenster zu? Is it shut?

Reinhold *verständnisvoll* Das geht gar nicht auf, Schnuffel! That does not open!

Waltraut Schnäuzchen, jedes Fenster geht auch auf. Every window goes open.

Sie sieht sich um und entdeckt hinter sich das offene Fenster.

Waltraut Das ist auf!

Sie geht hin und schließt das Fenster, an dem Norbert sitzt, dazu klettert sie über ihn rüber. Er schreckt auf, als er sie erkennt.

Waltraut Excuse me ...

Sie erkennt ihn ebenfalls und verliert sofort alle Freundlichkeit.

Waltraut Der Römertopf!

Norbert Der Deckel!

Waltraut nimmt die Pillenpackung aus ihrer Handtasche und schluckt eine Tablette. Norbert steht auf und öffnet das Fenster wieder.

Norbert So, und das Fenster bleibt auf! *In die Runde* This window stays open!

80 ▶ Tagsüber im Auto von Frau Lange zwischen Oslo und Bergen

Ein Minicooper fährt die Straße entlang, darin Frau Ulrike Lange. Eine Hundequartettkarte, und zwar die mit Lassie, knallt auf die Windschutzscheibe. Frau Lange bremst. Ute öffnet die Beifahrertür.

Ute *heult* Können Sie mich mitnehmen?

Frau Lange Wie heißt der Mistkerl?

Ute Lars!

Frau Lange Steig ein!

Utes Blick fällt auf den Rücksitz. Sie zögert.

Ute Ist das ein Schlittenhund?

Frau Lange Das ist Ute!

Ute blickt abschätzig auf ihre Namensvetterin.

Frau Lange Süß, gell?

81 ▶ Tagsüber in Bergen am Hafen, wo die MS Midnatsol liegt

Das Taxi mit Kele und Birgit fährt vor. Beide steigen aus. Birgit schnappt ihre Sachen und holt eintausend Euro aus ihrer Geldbörse.

Birgit Wahrscheinlich finde ich Norbert sowieso nicht.

Kele Nicht immer so schwarzmalen, Bigit!

Man umarmt sich vorsichtig.

Kele Tschus, Bigit. Machst du gut, ne!

Birgit Hier, Kele, stimmt so.

Horst Schlämmer geht an ihnen vorbei und beobachtet staunend, wie Birgit Kele das Geld gibt.

Horst Schlämmer Jacqueline, wohl im Lotto gewonnen, was?

Birgit Ach hallo, äh …?

Horst Schlämmer Horst Schlämmer, weiße Bescheid, Schätzelein?!

Birgit Doch, ja …

Horst Schlämmer Wollen wir an der Bar gleich nen schönen Doornkaat nehmen?

Birgit Ich brauch erst mal n bisschen Schlaf.

Horst Schlämmer Hätte ich auch nichts gegen, mach disch nit verrückt.

Horst Schlämmer umklammert Birgit. Man geht auf das Schiff. Das Minicooper-Cabrio von Frau Lange fährt auch auf das Schiff. Ute sitzt neben der Fahrerin, der Hund hinten. Lars fährt mit seinem Auto auf das Schiff. Norbert sieht es und rennt hinterher. Er wird an der Einfahrt abgewiesen. Waltraut und Reinhold erreichen nun den Anleger. Reinhold hält seiner Frau die Augen zu.

Reinhold So, Waltraut, Schnäuzchen, jetzt kommts!

Er nimmt seine Hände von ihren Augen.

Reinhold Und …? Was sagste?

Norbert steht plötzlich vor ihnen.

Norbert Na?!

NORDNORGE

Waltraut *kreischt* Aaaah!

Reinhold Nein, Waltraut, da!

Er dreht sie um neunzig Grad, deutet auf das Schiff und zeigt ihr die Tickets. Norbert stellt sich zwischen die beiden und legt vertraulich seine Arme um sie.

Norbert Na, das ist ja eine Überraschung. Da wären wir ja wieder zusammen, wir drei Hübschen!

Waltraut und Reinhold rücken von ihm ab. Norbert nimmt Reinhold die Tickets aus der Hand.

Norbert ... Nein! Das gibt's doch gar nicht! Ich bin direkt nebenan. Wand an Wand, Balkon an Balkon sozusagen.

Er kommt mit seinem Gesicht ganz nah an Waltrauts, die sich angewidert abwendet. Reinhold entreißt Norbert die Tickets wieder.

Norbert Na, wir werden ne lustige Truppe. Mein ganzer Kegelclub ist schon an Bord.

Er winkt und ruft Richtung Deck.

Norbert Karl-Heinz! Das sind auch Deutsche! Wir Deutschen müssen doch zusammenhalten. *Extra laut* We Germans must stick together.

Er haut den beiden plump-vertraulich auf die Schulter und entfernt sich ein paar Schritte, um von Weitem zu beobachten, was passiert. Waltraut nimmt schnell eine Tablette und erholt sich von ihrer Sprachlosigkeit.

Waltraut Mit diesem Mann teile ich mir kein Schiff.

Reinhold Das ist doch jetzt wohl nicht dein Ernst, Schnäuzchen.

Waltraut Mein Gott, einmal im Jahr freu ich mich auf was, und dann kommt so einer.

Reinhold *wird laut* Dir kann man aber auch nichts recht machen, dann freu dich doch mal!

Waltraut In diesem Ton freue ich mich nicht!

Sie dreht sich um und rauscht ab. Reinhold eilt ihr hinterher.

Reinhold Du willst also nicht aufs Schiff? Dein letztes Wort?

Waltraut Sorry, Reinhold!?

Reinhold zerreißt die Tickets und wirft sie weg. Er geht, Waltraut hinterher.

Waltraut Reinhold, wir müssen dringend irgendwann mal reden!

Norbert reicht der Rezeptionistin das zerrissene Ticket.

Norbert Das ist mir runtergefallen!

Die Rezeptionistin schaut irritiert, sortiert die Teile.

Rezeptionistin *mit Akzent* Kein Problem, Herr …

Norbert Schwarz … Dr. Schwarz-Ebershagen.

Rezeptionistin Diese Button mussen Sie immer tragen, damit ist alles frei.

Sie gibt ihm einen Button.

Norbert Echt? Dann hätt ich gern so n T-Shirt.

Er deutet auf ein T-Shirt, das stapelweise in einer Vitrine hinter dem Tresen ausliegt: Darauf ist ein Foto von Uschi Blum mit Fellkapuze und Schlittenhund im Arm abgedruckt und der Titel ihres Hits »Mittsommerblues«.

Rezeptionistin Das ist nicht inklusive.

83 ▶ Tagsüber in Birgits Kabine

Birgit befindet sich bereits in ihrer Kabine. Sie trägt ein »Mittsommerblues«-T-Shirt. Die Kabine ist nicht besonders luxuriös. Ein Bett, Bad und Bullauge. Birgit liegt auf dem Bett und versucht zu schlafen, kuschelt sich in die Kissen, während das Schiffshorn tutet. Plötzlich kommt sie mit weit aufgerissenen Augen in die Senkrechte, verharrt zwei Sekunden, dann wühlt sie hektisch in ihrer Tasche. Das Schiff legt langsam ab.

Birgit Das gibts doch wohl nicht … wo ist denn dieser verdammte … ha … *Sie erschreckt sich zu Tode* … Ah, da ist er ja!

Sie findet den Gewinnschein, steckt ihn sicher in ihren BH und legt sich wieder hin.

RESEPSJON

84 ▶ Tagsüber in Dr. Schwarz-Ebershagens Kabine

Auf dem Luxusdeck vor der Kabine von Dr. Schwarz-Ebershagen. Die Rezeptionistin öffnet die Kabinentür für Norbert: Er sieht sich in der Superluxuskabine um. Auf dem Tisch steht ein schöner Fresskorb mit einem Brief an die Eheleute Schwarz-Ebershagen. Norbert öffnet erwartungsvoll die Badtür: Es gibt nur eine Dusche.

Norbert Wie? Keine Wanne? Und das soll Luxus sein?

85 ▶ Tagsüber an der Rezeption der MS Midnatsol

Frau Lange, Ute und der Schlittenhund stehen an der Rezeption. Die Rezeptionistin blättert in ihren Unterlagen.

Rezeptionistin Wir haben hier nur eine Person und einen Hund.

Frau Lange Das ist meine Tochter Ute.

Rezeptionistin Wie alt ist sie denn?

Ute Dreizehn.

Rezeptionistin Nur Kinder bis zwölf sind frei.

Frau Lange Sie wird erst dreizehn, sie ist noch zwölf.

Rezeptionistin Zwölf?

Ute sieht sie vorwurfsvoll an. Der Rezeptionist heftet ihr einen Button an, der besonders groß ist und in Neonpink.

Rezeptionistin Ich mache Sie darauf aufmerksam, dass die Kleine nicht unbegleitet auf dem Schiff herumlaufen darf.

Ute Was?!

Die Rezeptionistin reicht Ute ein Kinderset, bestehend aus einem Malbuch mit Trollen, Buntstiften und einer Tüte Gummibärchen.

Ute Kann ich so n T-Shirt?

Frau Lange Nein. Ich bitte dich, das ist vulgär.

Die Rezeptionistin schaut skeptisch über ihre Theke hinweg auf den Schlittenhund.

Rezeptionistin Und der Hund muss sein Gassigeschäft nur auf der Oberdecke legen.

Frau Lange Ute, bei Fuß!

Alle verlassen die Rezeption. Die Rezeptionistin bleibt irritiert zurück.

86 ▶ Tagsüber auf der Sonnenterrasse

Norbert tritt heraus auf seine Sonnenterrasse und stellt den Eimer in eine Ecke. In der Ferne steht Kele neben dem Taxi und winkt. Norbert bleibt in sicherem Abstand von der Reling, atmet ein und aus.

Norbert Oh, jetzt beschleunigt er …

Plötzlich, trapp , trapp, trapp, erscheint der Schlittenhund auf der Nachbarterrasse. Norbert und der Hund sehen sich an. Der Hund hinterlässt einen enormen Haufen und geht zurück in die Kabine. Frau Lange erscheint und klaubt den Haufen mit einem Tuch auf. Plötzlich entdeckt sie Norbert. Ihre Lippen bewegen sich wie die von Hannibal Lector.

Frau Lange Hu-hu, hallo, Herr Nachbar.

Sie beugt sich zur Nachbarveranda und streckt den ganzen Arm hinüber, in der anderen Hand den Hundehaufen.

Frau Lange Ich bin Ulrike Lange aus Darmstadt.

Norbert ergreift ihre Hand.

Norbert *gerät ins Stottern* Ich bin Nor … no noch immer Dr. Reinhold Schwarz-Ebershagen.

Frau Lange ist begeistert.

Frau Lange So, so … Arzt!? Na! Dann weiß ich ja, an wen ich mich wenden muss, wenn mir mal nicht so ist.

Norbert *unterbricht* Tierarzt. Hat Ihr Hund da grade hingemacht?

Frau Lange Hund …? Ach so! Ja, nee … Sie verraten mich doch nicht, oder? Macht der auch nicht wieder. Das ist unser erstes kleines Geheimnis, Herr Dr. Schwarz-Ebershagen.

Norbert geht zurück in seine Kabine. Frau Lange bleibt zurück. Plötzlich wird sie sich des Hundehaufens in ihrer Hand bewusst. Sie sieht sich um. Ihr Blick fällt auf Norberts Eimer. Sie lässt den Haufen darin verschwinden.

87 ▶ Tagsüber in der Kabine von Frau Lange

Ute liegt depressiv auf dem Sofa und stopft sich frustmäßig mit Gummibärchen voll. Der Hund bettelt, Ute gibt ihm auch welche. Frau Lange kommt zurück in die Kabine.

Frau Lange *flötet* Ute, ich hab Schmetterlinge im Bauch, Frau Lange fli-ie-egt. *Sie breitet die Arme aus und tänzelt auf und ab.* Die Reise hat sich jetzt schon gelohnt. Da nebenan ist ein Supertyp. Gut aussehend, wohlriechend. Ein Arzt.

Ute Wie heißt der Mistkerl?

Frau Lange Dr. Reinhold Schwarz-Ebershagen.

Ute Den kenne ich …

Frau Lange Ein Prominententierarzt!!!?

Ute Seine Frau ist der Römerdeckel!

Frau Lange Da ist keine Frau dabei! So was rieche ich.

Ute Doch. Waltraut oder so.

Frau Lange geht zur Tür. Ute steht auf und will mit.

Frau Lange Ich nehm dich später mal mit. Jetzt geht Mama erst mal allein auf Entdeckungsreise. Ute, du bleibst bei Ute. Und wenn sie muss ... *Deutet auf die Veranda, flüstert* ... Terrasse ... Aber pass auf, dass Dr. Schwarz-Dingenshagen euch da nicht sieht, gell?

Sie geht.

88 ▶ Zur Sommernacht im Speisesaal der MS Midnatsol

Norbert läuft durch den Speisesaal und sieht sich suchend um. Ein üppiges Büffett ist aufgebaut, daran tut sich Horst Schlämmer gütlich. Norbert steuert ihn an.

Norbert Entschuldigen Sie, ich suche jemanden.

Horst Schlämmer Sind Sie auch alleinreisend?

Norbert knöpft sein Hemd auf.

Horst Schlämmer Ich kenne Sie doch! Woher kenn ich Sie?

Norbert Sind Sie nicht aus ...?

Horst Schlämmer Grevenbroich! Sie sind auch aus Grevenbroich!

Norbert Neee, uhmm ...!

Horst Schlämmer Nich? Na, dann weiß ich auch nich. Wen suchen Sie denn?

Norbert Ich habe ein Foto ... Moment.

Er zeigt das Familienfoto auf seinem T-Shirt.

Norbert Hier, haben Sie die zufällig gesehen?

Horst Schlämmer vertieft sich in das Foto auf Norberts Brust, überlegt angestrengt.

Horst Schlämmer Doch. Doch, doch. Habe ich irgendwo schon mal gesehen. Hier auf dem Schiff, glaube ich ...

Er sieht Norbert an, da fällt es ihm ein.

Horst Schlämmer Natürlich! Das sind Sie doch selber!

Norbert Ich suche das Mädchen, Ute, meine Tochter. Jetzt ist sie allerdings schon so …

Er deutet eine Größe an, die seiner in etwa entspricht. Er schaut erneut auf das Foto.

Horst Schlämmer Nein. Aber dat is doch die Jacqueline, die ist auch auf dem Schiff.

Er deutet auf Birgit.

Norbert *verdreht die Augen* Ja, sicher. Danke!

Er geht.

89 ▶ Zur Sommernacht an der Bar der MS Midnatsol

In der Schiffsbar lümmelt internationales Publikum auf den Sofas und Sesseln. Ein Pianist begleitet Uschi Blum, die ihr schmalziges »Mittsommerblues« singt. Lars legt Frau Lange die Karten mit einem neuen Hundequartett. Vor ihnen eine Karte mit einem Rehpinscher.

Lars Der Pinscher sagt, ihr Partner ist bald … ähm …

Frau Lange Da?

Lars Nein, krank!

Frau Lange Ich bin verwitwet. Er ist tot.

Lars Also ist er N-I-C-H-T gesund …

Frau Lange Dafür zahle ich doch jetzt keine eintausendfünfhundert Kronen.

Er beugt sich zu ihr, sie weicht zurück und wendet sich ab, um seinem Geruch zu entgehen.

Norbert sitzt mit einem voll beladenen Teller an einem der Tische und isst. Horst Schlämmer rückt ihm auf die Pelle. Er deutet wieder auf das T-Shirt.

Horst Schlämmer Weiße, Ihre Frau ist mit dem Taxi gekommen.

Norbert weicht ihm aus, Schlämmer rückt nach.

Norbert Die such ich aber nicht.

Horst Schlämmer Ich meine ja, die hat bestimmt im Lotto gewonnen. Eintausend Euro hat die bezahlt. Woher hat die dat Geld?

Norbert Jaja ...

Horst Schlämmer Und dann hat sie geweint, und jetzt kommt et: Den Taxifahrer hat sie geküsst.

Norbert *wird laut* Jetzt isses aber mal gut!

Horst Schlämmer erschreckt sich und bewegt sich so abrupt, dass Norbert sich einen großen Ketchupfleck auf das Familien-T-Shirt macht, mitten auf Birgits Gesicht.

Horst Schlämmer Oh, tschuldigung, jetzt ist die Jacqueline weg.

Frau Lange schwebt in den Speisesaal und wittert Norbert.

Frau Lange Juhu, Herr Nachbar!

Sie setzt sich dazu. Norbert reibt an dem Ketchupfleck herum.

Frau Lange Stellen Sie sich mal vor, Herr Dr. Schwarz-Ebershagen, da wollte mir doch dieser Norweger eintausendfünfhundert Kronen fürs Kartenlegen abknöpfen! Und dann noch mit nem Hundequartett!

Norbert lässt von seinem Hemd ab und springt auf.

Norbert Wo ist der Stinkmorchel?

Frau Lange ist begeistert von Norberts Temperament.

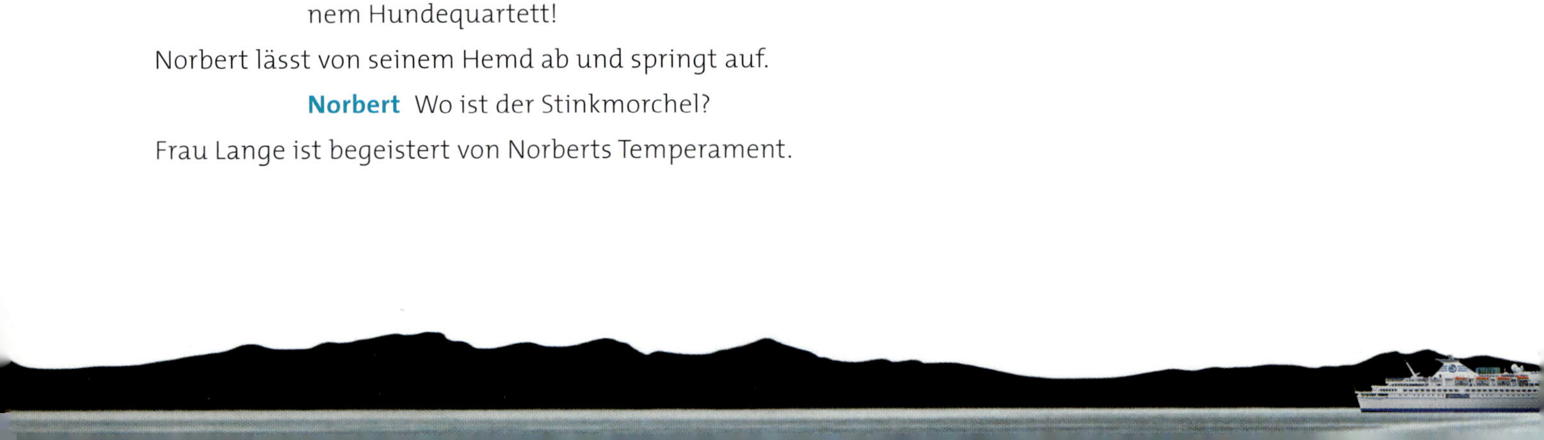

91 ▶ Zur Sommernacht im Korridor der MS Midnatsol

Ute schleicht über den Schiffskorridor. Da wird sie von hinten am Kragen gepackt: Es ist die Rezeptionistin.

Rezeptionistin Na, Fräulein!? Wo ist denn deine Mutti?

92 ▶ Zur Sommernacht an der Bar des Schiffes

In der Schiffsbar sitzt Lars mit einem Kunden und legt wieder Karten.

Lars Der Schlittenhund steht für Gefahr.

Norbert stürzt auf ihn zu und reißt ihn am Kragen nach oben. Frau Lange und Horst Schlämmer folgen ihm in die Bar und beobachten die Szene aus sicherem Abstand. Uschi Blum singt immer lauter, um sich mit ihrem »Mittsommerblues« gegen den Lärm durchzusetzen.

Norbert Wo ist sie?

Lars Sie ist nicht mit mir …

Norbert Wo dann?

Lars Ich habe sie irgendwo … abgesetzt.

Norbert »Irgendwo abgesetzt«?! Wo denn???

Lars zuckt mit den Schultern, dabei hebt er die Arme, Norbert weicht zunächst vor dem Schweißgeruch zurück, schlägt Lars dann aber beherzt k.o. Uschi Blum verstummt.

Norbert Und wasch dich!

Norbert geht. Horst Schlämmer wendet sich an Frau Lange.

Horst Schlämmer *beeindruckt* Ja, dat war beeindruckend. Unglaublich, wie der dem eine rein … voll auf die Zwölf, nicht?! Ich meine, dat is ganz alte Schule.

Frau Lange Finger weg! Da hab ich schon Aktien drin, gell?!

Horst Schlämmer Ich meine, da hätten Sie jetzt was missverstanden, ich wollte jetzt ja nich, dat Sie denken, dat ... weiße ... Ach du liebes bisschen, jetzt denkt die, ich will damit ... Ach du liebe ...

Frau Lange läuft auf Norbert zu. Horst Schlämmer stiert ihr hinterher, versteht nicht ganz und widmet sich seinem Verdauungs-Doornkaat. Der Pianist sieht Uschi Blum an.

Pianist Maybe we can repeat it from the first phrase?

Das Lied startet von vorne, Uschi Blum steigt ein. Frau Lange hat Norbert erreicht, als eine Lautsprecherdurchsage ertönt.

Rezeptionistin *aus dem Off* Passagier Ulrike Lange, bitte dringend zur Rezeption. Passagier Ulrike Lange ...

93 ▶ Zur Sommernacht auf dem Korridor der MS Midnatsol

Frau Lange zerrt Ute mit sich über den Gang.

Frau Lange Also, was fällt dir denn ein? Du hast in der Kabine alles. Du kannst mit dem Hund spielen, du hast ein Malbuch …

Ute Oh, jetzt gehts aber los …

Frau Lange Ab jetzt wird getan, was Mutti sagt.

Beide erreichen Frau Langes Kabine und gehen rein.

Frau Lange Oh Gott, was ist denn hier los? Ute!

94 ▶ Zur Sommernacht in Birgits Kabine

Birgit schläft. Plötzlich ertönt eine Lautsprecherdurchsage.

Rezeptionistin *aus dem Off* Passagier Dr. Reinhold Schwarz-Ebershagen, bitte dringend zur Rezeption.

Birgit schreckt hoch, als sie den Namen hört.

Birgit Was, was, was …? Dr. Reinhold Schwarz-Ebershagen …?!

Sie verharrt einen Moment und springt dann auf.

Norbert und Horst Schlämmer sind beim Likör angelangt.

Horst Schlämmer Weiße, die Dame dachte offenbar, Sie und ich … Weiße, wat ich meine … Also, die Lange, weiße, die dachte … Also, da würde ich doch im Traum, im Traume nich … weiße … Also Prost.

Er lacht und haut dem verständnislosen Norbert jovial auf die Schulter. Norbert entzieht sich, Horst Schlämmer legt sein abgegrabbeltes Herrenhandtäschchen auf den Tresen.

Horst Schlämmer Also, ich frage Sie jetzt wirklich, ich frage Sie ganz ernsthaft, ja, in allem Ernst, ja. Sieht diese Herrenhandtasche, sieht die irgendwie efem … femi … ni … weibisch aus?

Rezeptionistin *aus dem Off* Passagier Dr. Reinhold Schwarz-Ebershagen, bitte dringend zur Rezeption.

Horst Schlämmer Hör ma, ich mein, dat wären Sie!

Norbert springt auf. Er ist schon leicht angetrunken und eilt zur Rezeption.

96 ▶ Zur Sommernacht an der Rezeption der MS Midnatsol

Die Rezeptionistin wartet mit ernster Miene.

Rezeptionistin Herr Dr. Schwarz-Ebershagen?

Norbert *verunsichert* Ja, doch, das bin ich.

Rezeptionistin Dann kommen Sie bitte mit!

Norbert *kleinlaut* Ist irgendwas?

Ohne Erklärung eilt die Rezeptionistin los, Norbert eiert hinterher. Sie verschwinden gerade, als aus einer anderen Richtung eilig Birgit auftaucht. Sie geht zu der Rezeptionistin, die nun hinter der Theke am Computer sitzt.

Birgit Ich muss sofort mit Herrn Dr. Reinhold Schwarz-Ebershagen sprechen!

Rezeptionistin Der hat im Moment andere Sorgen!

97 ▶ Zur Sommernacht im Korridor der MS Midnatsol

Norbert irrt mit der Rezeptionistin durch die Gänge.

Norbert Äh, wo gehen wir denn jetzt hin?

Rezeptionistin Ein Notfall.

Norbert *kläglich* Was für ein Notfall?

Rezeptionistin Sie sind doch Arzt?

Norbert Doch. Sicher. Wer soll ich denn sonst sein?

Rezeptionistin Tierarzt?

Norbert Auch.

Vor der Kabine von Frau Lange bleiben sie stehen. Die Rezeptionistin klopft an die Tür, öffnet sie und schiebt Norbert in die Kabine.

Rezeptionistin Hier, bitte. Dem Hund ist schlecht.

Sie lässt Norbert allein zurück.

98 ▶ Zur Sommernacht in Frau Langes Kabine

Frau Lange *zur Tür* Kommen Sie doch rei-ein.

Frau Lange schiebt Ute verstohlen ins Bad.

Norbert Ja?

Ute beobachtet das vom Bad aus. Sie erkennt ihren Vater und macht Anstalten, ihr Versteck zu verlassen, lässt es dann aber.

Frau Lange Meine Ute hat sich übergeben, schon dreimal. Das macht sie sonst nie … gell, Utilein? Och, mein kleines Utilein …

Norbert Das Tier heißt »Ute«?

99 ▶ Zur Sommernacht an der Rezeption der MS Midnatsol

Die Rezeptionistin kommt zurück, Birgit steht noch immer dort.

Birgit Welche Kabinennummer hat dieser Dr. Schwarz-Ebershagen?

Rezeptionistin Das darf ich Ihnen nicht sagen.

Birgit Ist vielleicht auch ein Herr Krabbe an Bord?

Die Rezeptionistin sieht nach.

Rezeptionistin *erstaunt einatmend* Ja.

Birgit Ja?!

Rezeptionistin Krabbe! … Birgit …?

Birgit Hach … das bin ich!

Horst Schlämmer kommt vorbei.

Horst Schlämmer Schätzelein, hör ma, ich hab dich gerade noch auf nem Foto gesehen!

Eine Essensklingel ertönt. Horst Schlämmer reagiert erfreut.

Horst Schlämmer Oh, es geht weiter! Gibt Kaffee und Kuchen! Da freu ich mich schon drauf, weiße, is ja alles so inklusive. Wenn ich Glück hab, gibts auch n Doornkaat.
Ach, ich könnt noch zwei bis drei, könnt ich noch, weiße, ach du liebes bisschen …

Birgit Welches Foto? Hallo?

100 ▶ Zur Sommernacht in Frau Langes Kabine

In der Kabine von Frau Lange führt Norbert derweil eine Pseudountersuchung an dem Schlittenhund durch. Er nimmt die eine Pfote, die andere, vergleicht die Hundenasentemperatur mit seiner eigenen, inspiziert das Fell. Ute beobachtet die Situation vom Bad aus.

Frau Lange Und, Herr Doktor, was sagen Sie?

Norbert Also, mit Schlittenhunden kenne ich mich jetzt nicht so gut aus, aber ich würde sagen, der Hund ist seekrank. Ich hab da was …

Norbert holt die »Canicalm«-Tabletten heraus und gibt Ute eine. Sofort fällt der Hund in einen komatösen Schlaf.

Frau Lange Also, dass Sie das so schnell herausgefunden haben, Herr Doktor!

Sie kommt ganz nah zu ihm. Er wankt zurück.

Norbert *irritiert* Tja … Routine …

Frau Lange Auf den Schreck trinken wir aber erst mal einen, gell?!

Norbert Joa, wieso eigentlich nich?

Frau Lange Dass ein Mann von Ihrem Format alleine ist, begreife ich nicht. Und dann auch noch tierlieb. Also, ich kenne eine Menge Frauen, die was mit Ihnen anfangen könnten.

Frau Lange setzt sich nah neben ihn und reicht ihm ein Glas Likör.

Norbert Na ja, an Nachfragen mangelt es nicht, aber es muss eben auch passen.

Frau Lange Na, das kann man doch rausfinden, obs … passt.

Ute öffnet die Badezimmertür ein Stück und äfft Flatterbewegungen nach. Frau Lange bedeutet ihr zu verschwinden und flüstert Norbert etwas ins Ohr, damit Ute das nicht hört.

Norbert Was? Frau Lange, ich verstehe Sie nicht. Nicht so nah, Frau Lange …

Sie kommt noch näher, sodass sie mit ihren Lippen sein Ohr berührt.

Norbert Frau Lange, ich verstehe Sie nicht.

Frau Lange Ich hol mir später noch ein paar Tabletten bei Ihnen ab, gell?

Norbert Ich könnt Ihnen die Tabletten einfach hierlassen …

Frau Lange Nein, später. Ich hol sie mir dann, gell?

Sie schiebt ihn aus der Tür und wendet sich zu Ute, die wutschnaubend aus dem Bad kommt.

Frau Lange Na, wie hat Mutti das gemacht?!

Ute Sie sind nicht meine Mutter!

101 ▶ Zur Sommernacht an der Rezeption der MS Midnatsol

Die Rezeptionistin blättert wieder in einem Buch. Vor ihr steht – immer noch von dem Kampf mit Norbert derangiert – Lars.

Rezeptionistin *auf Norwegisch* Nei, vi har ingen Norbert Krabbe ombord … bare en Birgit Krabbe. Nein, wir haben keinen Norbert Krabbe an Bord … nur eine Birgit Krabbe.

Lars Det kan ikke være mulig. Jeg vet at han er ombord. Han har slått meg ned. Das kann doch gar nicht sein. Ich weiß, dass er an Bord ist. Der hat mich zusammengeschlagen.

Das Telefon klingelt.

Rezeptionistin *hebt ab* Nein, Herr Dr. Schwarz-Ebershagen, bedaure, aber wir haben keine Kabine mit Wanne … Ja, es sind noch drei Tage bis auf die Lofoten.

102 ▶ Zur Sommernacht in Dr. Schwarz-Ebershagens Kabine

Norbert steht frisch geduscht vorm beschlagenen Spiegel, putzt sich die Zähne und kämmt sich gleichzeitig die nassen Haare. Es klopft an die Terrassentür. Ein letzter Kontrollblick in den Spiegel, und Norbert beeilt sich, die Tür zu öffnen.

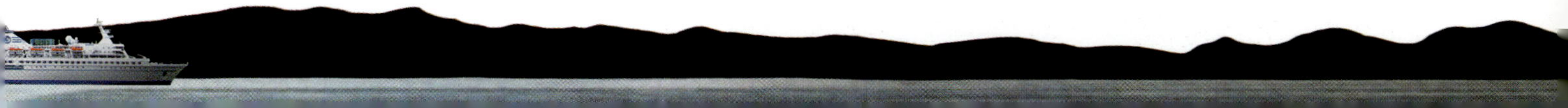

Norbert Huhu, Frau Nachbar …

Ute kommt von der Veranda ins Zimmer.

Norbert Wo kommst du denn her?

Es klopft an die Kabinentür.

Ute *äfft ihn nach* »An Nachfragen mangelt es nicht, aber es muss eben auch passen« … Hallo?! Dich kann man echt nich alleine lassen!

Er schiebt Ute zurück auf die Terrasse.

Norbert Du wolltest erwachsen sein, sei erwachsen!

Er schließt die Tür und den Vorhang.

103 ▶ Zur Sommernacht an der Bar der MS Midnatsol

Birgit hat es sich an der Schiffsbar bequem gemacht. Sie trinkt ein kleines Bier, setzt eine dicke Sonnenbrille auf. Am anderen Ende des Tresens hängt eine Gestalt mit langen roten Haaren überm Tresen und schläft, neben sich eine Flasche Apfelkorn. Birgit wendet sich zum Barmann.

Birgit Und es wird überhaupt nicht mehr dunkel … auch nicht ein bisschen?

Der Barmann verneint lächelnd. Horst Schlämmer klettert mit seinem Bierglas mühsam auf den Hocker neben Birgit.

Horst Schlämmer Na, Jacqueline, hasse deinen Mann getroffen?

Birgit Woher wissen Sie denn, dass ich meinen Mann suche?

Horst Schlämmer Der sucht dich aber nich. Sind wir wieder per Sie, wir waren doch schon fast per Du, du weißt, wat ich meine. Ich hab so n kleinen wieder intus. Aber ich hab dich bei ihm auffem Foto gesehen.

Birgit Welches Foto? Von wem reden Sie eigentlich?

Horst Schlämmer Von deinem Mann. So n blonder, paddeliger. Der sucht n Mädchen.

Und jetzt hat er n Fisternöllchen mit Frau Lange von unserm Tisch.

Birgit Norbert?!

Horst Schlämmer Nein, Reinhold. Dr. Reinhold Schwarz-Ebershagen, der Tierarzt.

Birgit Wissen Sie, wo der wohnt?

Horst Schlämmer Ja, sicher. Direkt neben Frau Lange.

Birgit Und welche Kabinennummer hat die?

Horst Schlämmer Das weiß ich nicht. Das sagt die mir auch nich, weil die denkt, dat ich … Seh ich weibisch aus mit dieser Herrenhandtasche? Sach doch ma ehrlich, Jacqueline, wirke ich auf dich irgendwie …

Lars kommt hinzu und bestellt ein Bier. Horst Schlämmer stupst Birgit in die Seite und deutet auf ihn.

Horst Schlämmer *flüstert* Und dem hat dein Mann heute die Fresse poliert.

Die Essensglocke ertönt. Die betrunkene Gestalt am Ende des Tresens schreckt hoch, es ist Uschi Blum.

Horst Schlämmer Oh, es geht weiter. Mitternachtssnack! Wenn ich Glück hab, gibts da noch … trinken. Oh, jetzt muss ich langsam ma aufpassen.

Er eilt in den Speisesaal. Birgit starrt Uschi Blum an.

Birgit Sa mal, sind Sie nich …

Uschi Blum kippt rückwärts von ihrem Barhocker.

Birgit Sa mal, war dat nich Uschi Blum?

Sie stellt ihr Bier beiseite.

Birgit Mein lieber Scholli, ich hab aber auch schon wieder eins zu viel heute.

Zwei Kellner schleifen die besinnungslose Uschi Blum aus der Bar.

104 ▶ Zur Sommernacht in Dr. Schwarz-Ebershagens Kabine

Norbert und Frau Lange stehen im Zimmer, Norbert lässt einen Sektkorken knallen.

Frau Lange *lacht* Danke, danke, nicht so viel, Herr Dr. Schwarz-Ebershagen!

Norbert Pscht! Leise! Ute schläft.

105 ▶ Zur Sommernacht an der Bar der MS Midnatsol

In der Bar wendet sich Birgit zum Barmann.

Birgit Mein Gott, ist das Schiff lahmarschig. Kann der Kapitän nicht mal richtig Gas geben!? Das dauert ja ewig bis zu den Lofoten ...

Der Barmann verneint lächelnd. Sie checkt, ob ihr Gewinnschein immer noch in der Tasche ist.

Lars Deutsch ... woher?

Birgit *ohne mit der Wimper zu zucken* Köln.

Lars Köln?! Das ist doch bei Wanne?!

Birgit *erstaunt* Ja ... aber da komme ich nicht her! Waren Sie mal in Wanne?

Lars Nein, aber der Name ist ... ähm ...

Birgit Schön?

Lars Nein ... ähm ... doof!

Birgit Eben drum!

Lars Ich bin Lars.

Birgit Ähm ... Chantal!

Lars Freut mich, Chantal ... bist du verheiratet, oder möchtest du noch was trinken?

106 ▶ Zur Sommernacht Frau Langes Kabine

Ute hängt mit dem Ohr an der Wand zur Kabine, wo die Stimmen von Norbert und Frau Lange zu hören sind.

Frau Lange *aus dem Off* lacht ... und dieses Mal auf Utileins Gesundheit!

Norbert *aus dem Off* Uhmm ... Uhmm ...

Ute drückt sich noch dichter an die Wand. Plötzlich Stille. Ute wartet wenige Sekunden, dann springt sie alarmiert auf.

107 ▶ Zur Sommernacht in Dr. Schwarz-Ebershagens Kabine

Frau Lange und Norbert liegen auf dem Sofa übereinander.

Frau Lange Herr Dr. Schwarz-Ebershagen.

Norbert Frau Lange. Uhmm ... Uhmm ...

Norbert wird schlecht.

Frau Lange Herr Dr. Schwarz-Ebershagen.

Norbert Frau Lange.

Frau Lange *stöhnt* Jetzt sind wir per Du.

Norbert Nee, das is nur der Schlüssel.

Es klopft. Norbert hält inne. Es klopft stärker. Norbert steht auf.

Norbert Entschuldigen Sie.

Er öffnet die Tür. Ute drängt sich an ihrem sprachlosen Vater vorbei ins Zimmer.

Unter dem Arm das Malbuch.

Ute Ich kann nicht schlafen, Mutti.

Frau Lange Was fällt dir denn ein?

Norbert »Mutti«?!

Frau Lange Ich kann es dir alles erklären, Reinhold.

108 ▶ Zur Sommernacht an der Bar der MS Midnatsol

An der Bar werden wieder einmal Karten gelegt. Wie immer mit dem Hundequartett – es liegt ein schwarzer Pudel.

Lars Du bist in Schwierigkeiten, Chantal …

Birgit … schwarzer Pudel … Dr. Schwarz-Ebershagen?

Lars legt neben den Pudel den Schlittenhund.

Lars Die Zeit läuft dir weg, Chantal, der Pudel steht für Geld, der Schlittenhund bedeutet Gefahr.

Birgit Für den Pudel …

Lars Fürs Geld … vielleicht bald Schlittenhund geht Pudel bald … an den … ähm …

Lars kratzt sich an den Genitalien.

Birgit … Schwanz?

Lars Nein, wie sagt man …?!

Er fasst sich an die Kehle.

Birgit Kele!

Lars … und Geld weg.

Birgit lacht, wie man eben lacht, wenn man so etwas hört, und schaut nach ihrem Gewinnscheck.

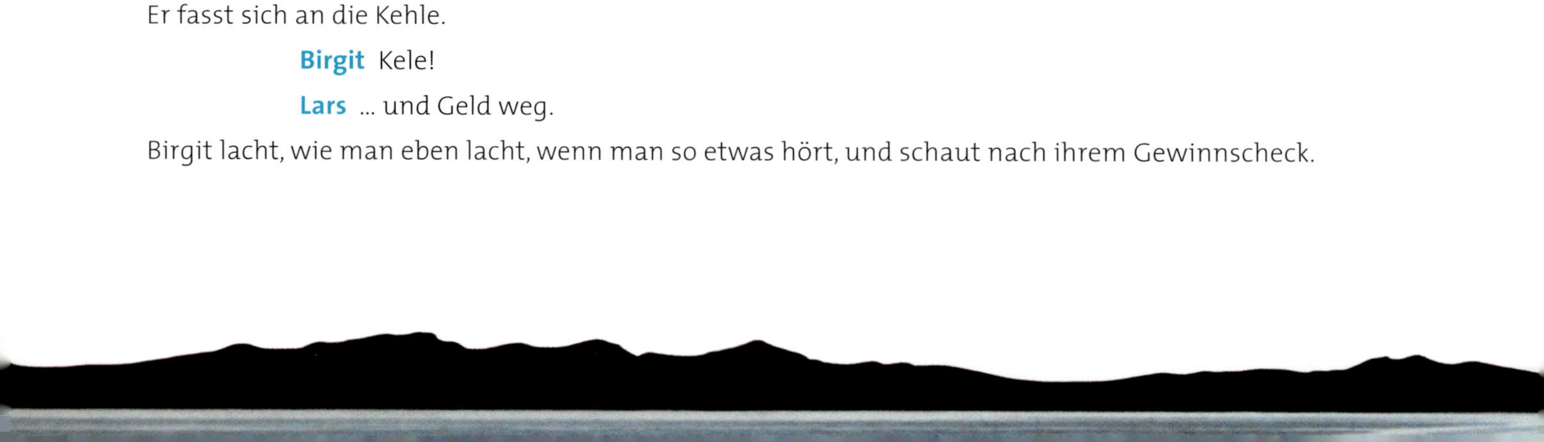

109 ▶ Zur Sommernacht in Dr. Schwarz-Ebershagens Kabine

In der Kabine von Dr. Schwarz-Ebershagen ist zwischen Norbert, Frau Lange und Ute ein heftiger Streit entstanden.

Frau Lange Ich bin nicht deine Mutti. Hör auf damit! Und du bist auch nicht zwölf!

Norbert Dazu ist sie auch zu ... dick.

Ute *giftig* Groß.

Frau Lange Das hat man nun davon. Ich klaube so ne versiffte Tramperin von der Straße auf. Wer weiß, wo die herkommt. Deine Eltern sind wahrscheinlich irgendwelche arbeitslosen Trinker.

Norbert Nu machen Se mal halblang, Frau Lange! Dieses Mädchen hier war auf der Konrad-Adenauer-Gesamtschule in Wanne Klassenbeste, und danach ist sie als Einzige auf die Berufskollegschule in Dortmund, zwei Jahre. Und da hat sie dann ihre Ausbildung zur Kfz-Mechanikerin bei Herkel in Wanne angefangen, und das ist kein schlechter Betrieb.

Ute Ja, und die Prüfung!?

Norbert Das interessiert Frau Lange, glaub ich, nicht.

Frau Lange *mechanisch mit hoher Stimme* Doch, doch, doch, doch, doch ...

Norbert Die Prüfung hat sie mit Eins bestanden.

Frau Lange So, jetzt weiß ich Bescheid. Wie konnte ich nur so blöd sein? »Der sucht ein Mädchen« ... Da hätts eigentlich bei mir schon klingeln müssen. Na, das wird die Rezeption sicher interessieren.

Von nebenan ist ein Bellen zu hören.

Frau Lange Ute, Mutti kommt!

Ute und Norbert sehen sich an und lachen, dann fängt Ute an zu heulen.

Ute Papa ... Es is alles so schrecklich ...

Er nimmt sie in den Arm und tätschelt ihren Kopf.

Norbert Einatmen, ausatmen, Ute.

110 ▶ Tagsüber am Oberdeck der MS Midnatsol

Es ist Morgen. In Decken eingewickelt, liegen Birgit, Lars, Horst Schlämmer und Frau Lange, das Leiden selbst mit Sonnenbrille, auf dem Oberdeck aufgereiht. Vor der traumhaften Kulisse des Konrad-Adenauer-Fjords zieht imposant ein anderes Kreuzfahrtschiff vorbei. Niemand außer Horst Schlämmer hat einen Blick dafür.

Rezeptionistin *aus dem Off, auf Norwegisch und Deutsch* En riktig god morgen alle sammen! Akkurat nå seiler vi gjennom Konrad-Adenauer-Fjorden. Einen wunderschönen guten Morgen, meine Damen und Herren! Soeben fahren wir durch den Konrad-Adenauer-Fjord.

Horst Schlämmer Ah, ist das nicht herrlich?! Einmalig schön …

Lars Chantal …

Birgit reagiert nicht.

Horst Schlämmer Jacqueline, ich glaube, der meint dich!

Lars Chantal?!

Birgit erinnert sich nun endlich daran, dass sie mit »Chantal« gemeint ist, erschreckt sich kurz und wendet sich dann Lars zu.

Birgit Hm …? Was denn?

Lars Magst du Kaffee?

Birgit *bejaht abwesend* Hmm.

Lars springt eilfertig auf und rennt los.

Horst Schlämmer Hör ma, Jacqueline, ich wollte dir noch wat sagen. Ich wohn jetzt übrigens First Class, direkt neben deinem Mann. Die Frau Lange hier, weiße, die hat mit mir getauscht. Ich mein, dat war ihr ja auch nicht mehr zuzumuten, Wand an Wand, Balkon an Balkon mit ihm, weiße, jetzt, wo er das Mädchen gefunden hat.

Birgit Welche Kabinennummer hat denn … »mein Mann«?

Horst Schlämmer Ich meine, vierhundertdrei.

Birgit rennt wie von der Tarantel gestochen los. Horst Schlämmer sieht ihr erstaunt hinterher. Lars kommt mit zwei Kaffeebechern zurück und findet Birgits Liegestuhl leer.

111 ▶ Tagsüber auf dem Korridor vor Dr. Schwarz-Ebershagens Kabine

Birgit sprintet über den Korridor. Sie erreicht die Kabine von Herrn Dr. Schwarz-Ebershagen und klopft zaghaft. Nichts. Birgit kämpft mit sich, dann gibt sie sich einen Ruck und hämmert gegen die Tür.

Birgit Herr Dr. Schwarz-Ebershagen, machen Sie sofort auf. Ich weiß, dass Sie meinen Mann und meine Tochter in Ihrer Gewalt haben.

Die Tür öffnet sich: Eine Putzfrau erscheint.

Birgit Entschuldigung, mein Mann hat den Schlüssel, würden Sie mich wohl reinlassen?

Putzfrau *atmet ein* Ja.

Die Putzfrau geht zur Seite und lässt Birgit rein.

112 ▶ Tagsüber an der Rezeption der MS Midnatsol

Die Rezeptionistin ist wieder einmal in die Passagierliste vertieft.

Rezeptionistin *auf Norwegisch* Vi har ingen Chantal fra Köln ombord. Hva var etternavnet? Wir haben keine Chantal aus Köln an Bord. Wie ist der Nachname?

Lars *auf Norwegisch* Etternavnet kjenner jeg ikke. Chantal fra Köln! Den Nachnamen weiß ich nicht. Chantal aus Köln!

Rezeptionistin *auf Norwegisch* Ingen Chantal og ingen fra Köln, definitivt! Keine Chantal und niemand aus Köln, definitiv!

113 ▶ Tagsüber in Dr. Schwarz-Ebershagens Kabine

In der Kabine von Dr. Schwarz-Ebershagen beobachtet die Putzfrau Birgit argwöhnisch. Die sieht sich in der Kabine um, tut so, als wäre sie dort zu Hause.

Birgit Äh, lassen Sie sich mal nicht beim Putzen stören.

Betont beiläufig öffnet sie den Schrank mit Norberts und Utes Sachen. Sie findet das Familien-T-Shirt mit dem Ketchupfleck, drückt es an sich und bricht in Schluchzen aus. Die Putzfrau kommt zurück aus dem Bad. Plötzlich steht Horst Schlämmer in der Tür.

Horst Schlämmer Oh, dat ist aber auch nett hier. Also, einmalig schön, dat is aber eine super Luxuskabine. Ein Traum! Kostet aber auch wat, ne?

Rezeptionistin *aus dem Off* Passagier Chantal aus Köln, bitte dringend zur Rezeption. Chantal aus Köln.

Horst Schlämmer Die meinen dich!

Birgit Ich heiße nicht Chantal.

Horst Schlämmer Ich weiss es, Jacqueline! Und hier, auf dem T-Shirt, dat ist dein Mann. Und der Ketchupfleck, das war ich. Weiße, ich hab die Flasche, hab ich drauf …

Birgit Das ist Dr. Schwarz-Ebershagen?

Horst Schlämmer Ja, sach ich doch die ganze Zeit.

Birgit rauscht aus dem Raum.

114 ▶ Tagsüber im Korridor der MS Midnatsol

Norbert und Ute biegen gut gelaunt um die Ecke.

Ute Jetzt wird doch noch alles gut, Papa, ne?

Norbert Und das Beste ist: Mir ist überhaupt nicht mehr schlecht. Guck, jetzt beschleunigt er … *Er bleibt stehen, lächelt* … Nix! Und jetzt fahren wir schön gemütlich in unserer Luxussuite bis auf die Lofoten. So, und jetzt rufen wir erst mal Mama an. Sag mal, hast du mal Kleingeld?!

Plötzlich laufen sie Lars in die Arme, der mit seinem Gepäck auf sie zukommt. Alle drei bleiben wie angewurzelt voreinander stehen.

Lars Du musst mir … glaube ich, wie sagt man …? Wehgetangeld geben.

Norbert *plustert sich vor Ute auf* Du entschuldigst dich gefälligst erst mal bei meiner Tochter.

Lars Du nimmst dein … wie sagt man?

Er deutet auf seinen Mund.

Norbert … Mund …

Lars … ganz schön voll für ein Passagier, der gar nicht existiert.

Ute deutet auf Lars' blaues Auge.

Ute Warst du das wirklich, Papa?

Norbert Meinetwegen könnte das noch n bisschen verquollener sein. Und oben so n bisschen grüner. Lässt der dich da einfach stehen, mitten in der Walachai …

Ute sieht Lars an. Dann fällt sie ihm um den Hals.

Ute Oh Gott, mein armer Schatz! Min blotkake!

Norbert wird blass und übergibt sich in einen Papierkorb.

Rezeptionistin *aus dem Off* Mine damer og herrer, om få minutter er vi i Ålesund.
Meine Damen und Herren, in Kürze erreichen wir Alesund.

Lars *zu Norbert* Sagen wir, du gibst mir eintausendfünfhundert Kronen.

Ute sieht Lars fassungslos an. Dann holt sie aus und verpasst ihm eine saftige Ohrfeige.

Ute So, jetzt sind es dreitausend.

Norbert zieht Ute mit sich.

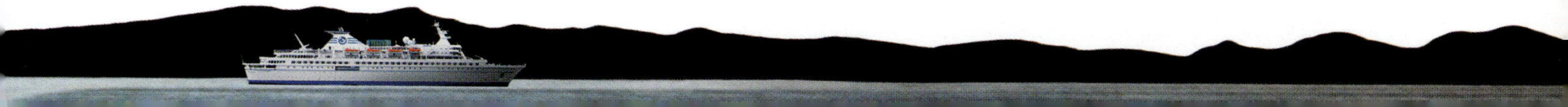

115 ▶ Tagsüber auf Frau Langes Veranda

In der Kabine von Frau Lange. Horst Schlämmer hat es sich mittlerweile gemütlich gemacht. Er betritt die Veranda.

Horst Schlämmer Oh, dat is ja einmalig schön hier! Hab ich ja Glück gehabt, so toll, diese Veranda. Diese Weite ... Ah, und die Luft. Ha, wat is dat denn, dat stinkt aber jetzt, wat is dat denn für n Geruch? Stink ich so? Dat kann doch nicht sein. Neee, dat kommt von dem Eimer! Wat is denn dat? Baah! Wat is denn dat für n Sauerei? Welches Ferkel war dat denn? Also, dat is ja unglaublich ...

116 ▶ Tagsüber im Korridor vor Dr. Schwarz-Ebershagens Kabine

Norbert und Ute erreichen ihre Kabine. Horst Schlämmer kommt gerade aus seiner heraus.

Horst Schlämmer Gut, dass ich Sie treffe! Hören Sie mal, was Sie mit Frau Lange gemacht haben, das ist die eine Sache. Was Sie der armen Chantal antun ...

Norbert Chantal?

Horst Schlämmer ... oder Jacqueline, wie auch immer die heißt. Sie wissen ganz genau, wen ich meine, dat ist die andere. *Er winkt ab, dann vorwurfsvoll* Aber hören Sie doch mal, Sie haben doch so eine schöne Toilette! Sie sind für mich das Letzte. Hier, dat is ja wohl Ihr Eimer ...

Er zaubert den Eimer hervor, drückt ihn Norbert in die Hand und verschwindet. Norbert schaut angewidert in den Eimer.

Norbert Ih, das gibts ja wohl nicht. Der hat in meinen Eimer gemacht.

Rezeptionistin *aus dem Off* Passagiere Norbert und Ute Krabbe ganz dringend zur Rezeption.

Ute und Norbert erstarren.

117 ▶ Tagsüber im Hafen von Alesund

Das Schiff erreicht den Hafen von Alesund, das Schiffshorn tutet.

118 ▶ Tagsüber an der Rezeption der MS Midnatsol

Birgit steht an der Rezeption. Die Rezeptionistin breitet resignierend die Arme aus.

Rezeptionistin Es tut mir leid, aber diese Passagiere, Norbert und Ute Krabbe, existieren nicht! Genauso wenig wie eine Chantal aus Köln.

119 ▶ Tagsüber auf dem Autodeck der MS Midnatsol

Norbert und Ute irren inzwischen mit ihrem Gepäck zwischen den Autos herum. Norbert entdeckt den Wagen von Lars, öffnet die Fahrertür und leert blitzschnell den Eimer unter den Fahrersitz.

Ute Hier kommen wir doch nie weg, ohne dass die uns erwischen.

Norbert Da, Ute, da vorne ist der Ausgang, komm, los, beeil dich, das Schiff legt gleich ab!

120 ▶ Tagsüber auf dem Mitteldeck der MS Midnatsol

Das Schiffshorn tutet, und das Schiff legt wieder ab. Birgit läuft auf dem Schiffsdeck herum und sucht verzweifelt nach Norbert. In ihrer Nähe ertönt plötzlich ein Ruf.

Frau Lange Dr. Reinhold Schwarz-Ebershagen, Sie sind das Letzte! Das Allerletzte!

Birgit entdeckt nun auch Norbert und Ute, die bereits an Land sind.

Birgit *schreit* Norbert! Ute! Norbert!

Das Schiffshorn übertönt ihren Ruf, Norbert und Ute reagieren nicht. Das Schiff legt ab.

121 ▶ Tagsüber am Hafen des Alesund

Norbert und Ute laufen am Kai entlang, Lars fährt im Auto an ihnen vorbei, neben ihm ein Mädchen, das verliebt kichert. Ute schaut in die andere Richtung.

Norbert Na prima, wegen deines Stinkmorchels dürfen wir jetzt zu Fuß auf die Lofoten. Und alles, weil Fräulein Krabbes Hormone mal Lust auf Party haben.

Ute Ach, und wer oder was ist »Chantal«?

Norbert Du meinst Jacqueline!? Ich habe keine Ahnung.

Ute *schüttelt den Kopf* Ich hätte nie gedacht, dass du auch bloß ein ... Mann bist!

Am Kai steht eine Losbude. Daneben ein silber funkelndes Cabriolet: der Hauptpreis.

Norbert Ute, wie viel Geld hast du noch?

122 ▶ Tagsüber auf dem Oberdeck der MS Midnatsol

Birgit sitzt mit einem bunten, mit Obst dekorierten Cocktail an Deck und heult Rotz und Wasser. Sie trinkt aus und stellt das Glas beiseite. Neben ihr steht eine ganze Batterie dieser Cocktails. Plötzlich wirft sich ein Schatten über Birgit.

Frau Lange *aus dem Off* Wie heißt der Mistkerl?

Birgit blickt auf, Frau Lange sieht sie an.

Birgit Norbert.

123 ▶ Tagsüber am Hafen von Alesund

Norbert und Ute stehen an der Losbude am Hafen von Alesund. Direkt daneben: der Hauptgewinn, das Cabrio. Sie rubbeln Lose.

Ute Äh, was für ne Schwachsinnsidee! Jetzt ham wir gar kein Geld mehr.

Norbert Du weißt, dass ich immer Glück hab. Ich mach die Augen zu, wünsche mir was und ...

Ute Schwupp, gewinnst du eine Pfanne!

Norbert ... schwupp.

Er sieht auf das Los: Niete. Norbert nimmt das nächste.

Norbert ... und schwupp.

Wieder eine Niete.

Ute »Schwupp«, ja? Alles klar!

Norbert nimmt das letzte Los, reibt verzweifelt.

Norbert Schwupp!

Er sieht auf das Los.

Norbert *aufgeregt* Ute!

Ute Was?

Norbert Schwupp!!! Der Hauptgewinn!

Er gibt dem Losverkäufer das Los.

Losverkäufer Gratulera!

124 ▶ Tagsüber auf einer herrlichen Panoramastraße

Norbert und Ute tuckern auf einem Fahrrad mit Hilfsmotor eine Panoramastraße hinunter.

Ute Hauptgewinn! Da bin ich ja zu Fuß schneller.

Norbert Das ist die perfekte Reisegeschwindigkeit!

Ute Und bis zu meiner Pensionierung sind wir dann auch endlich beim Norbert-Krabbe-Fjord.

Norbert Guck dir diese Landschaft an: Ah, herrlich!

125 ▶ Tagsüber am Oberdeck der MS Midnatsol

Auf dem Schiff widmen sich Birgit und Frau Lange mittlerweile gemeinsam ihren Cocktails.

Frau Lange *lallt* Ich fing gerade an zu fliegen … *Flattert mit den Armen* … und wir waren auch schon fast per Du. Sie wissen, was ich meine.

Birgit schluchzt wieder los.

Frau Lange Dass Sie sich das so zu Herzen nehmen. Mir hat noch nie jemand so zugehört. Ach komm her: Ich bin die Ulrike aus Darmstadt.

Frau Lange nimmt Birgit fest in ihre Arme. Die ergibt sich.

Birgit Ähh … Ich bin die Desiree. Aus Düsseldorf.

126 ▶ Tagsüber am Straßenrand

Norbert und Ute fahren auf ihrem Mofa durch verschiedene wunderschöne Landschaften. Mal am Wasser entlang, während zwei Lachse im Liebesspiel ein Herz bilden …

Norbert Herrlich!

… durch den Wald, wo ein Bär seinen Rücken an einem Baum schubbert …

Norbert Ah, herrlich.

… und sie fahren durch Felder, vorbei an einer norwegischen Trachtengruppe, die über die Wiese tanzt.

Norbert *müde* Herrlich …

Norbert sitzt schweigend und mit starrem Blick auf dem Mofa. Ute, hinter ihm, schläft immer wieder ein. Ein Känguru hüpft über die Fahrbahn.

Norbert Jetzt inne Wanne.

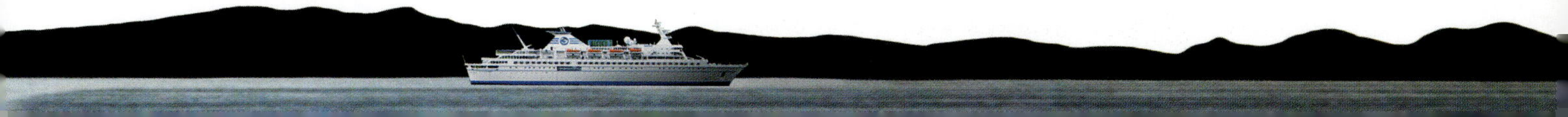

127 ▶ Zur Sommernacht vor dem Campingplatz »Naken Elg«

Es ist Mittsommernacht. Das Licht ist etwas dämmriger als tagsüber. Wie eine Oase der Zivilisation taucht plötzlich in der Landschaft ein Campingplatz auf. Dieser ist umzäunt, sodass man ihn nicht einsehen kann. Ute und Norbert erreichen den Eingang. Dort kommt gleichzeitig ein Motorrad an und hält. Ole, ein dicker Hells-Angels-Typ mit Schutzhelm und Spiegelsonnenbrille, steigt von seiner Harley Davidson.

Ole *auf Norwegisch* Söker dere en soveplass? Sucht ihr einen Schlafplatz?

Norbert Äh, was? Wir sprechen kein Norwegisch, no Norway ...

Ole Ah, Deutsch! Willst du schlafen?

Norbert und Ute nicken erleichtert.

Ole Essen auch?

Ole grinst.

Ole *atmet ein* Ja.

128 ▶ Zur Sommernacht auf dem Campingplatz »Naken Elg«

Die drei betreten das Gelände des Campingplatzes. Ole stellt seine Harley ab. Ute schleicht fasziniert um das Motorrad, berührt es. Ole entledigt sich seiner Lederjacke, seiner Stiefel.

Ute Bergauf macht die doch bestimmt immer noch hundertzwanzig.

Ole *atmet ein* Ja ...

Norbert wird schlecht.

Norbert Uhmm ...

Nun nimmt Ole seinen Helm ab. Er sieht Günter Reddemann verdammt ähnlich!

Norbert Häh, Günter!?

Ute Der sieht doch nicht aus wie Günter!

Norbert Aber natürlich! Total gleich!

Ute Und bergab?

Ole zieht sein Hemd aus. Ute und Norbert gucken sich irritiert an.

Ole Bergab bis hundertneunzig.

Er macht weiter und steht irgendwann in Unterhose vor ihnen.

Ole Herzlich willkommen bei »Nackte Elche«!

Er zieht seine Unterhose aus. Norberts Blick bleibt zunächst oben, gleitet dann wieder nach unten. Ute starrt nur nach unten, Norbert stupst sie an.

Ole Lust auf Bratwurst?

Beide nicken mechanisch. Ole geht voran, während Norbert und Ute auf seinen dicken nackten Hintern starren. Auf dem Campingplatz tummeln sich viele splitternackte Menschen neben Zelten und Wohnwagen. In der Nähe des Campingplatzes fährt laut ein Zug vorbei. Aus einem Wohnmobil hören sie die Stimmen von Waltraut und Reinhold Schwarz-Ebershagen.

129 ▶ Zur Sommernacht in Dr. Schwarz-Ebershagens Camper auf »Naken Elg«

Reinhold ist nur mit seiner teuren Armbanduhr und einer Grillschürze bekleidet. Er grillt Lachs vor einem Wohnwagen, der direkt neben den Bahngleisen steht. Reinhold bemerkt, dass sein Glas leer ist. Er kehrt zurück in den Camper zu Waltraut, die – ebenfalls nackt – Kartoffeln schält. Reinhold ist schon ziemlich angetrunken und mixt sich einen weiteren starken Drink.

Waltraut Schnuffel, ich kann nicht mehr!

Sie nimmt mehrere Tabletten aus der »Canicalm«-Packung.

Reinhold Ach, Schnäuzchen.

Waltraut Wenn wenigstens nachts Ruhe wäre ... Diese Züge, das sind doch auch alles Schwertransporte. Ich mein, was befördern die denn hier durch die Wildnis?

Reinhold Wir könnten jetzt schön aufm Schiff sein. Mit vollem Service und Fünfsterne-büfett.

Waltraut Ja, und mit Deutschen!

Aus der Ferne ist ein Rattern zu hören. Sie schluckt die Tabletten und wird panisch.

Waltraut Reinhold, schnell, schnell ... komm ... raus hier! Komm raus!

Sie unterdrückt ein bellendes Husten. Reinhold stürzt mit dem Drink in der Hand aus dem Wohnwagen.

Reinhold Ist er das wieder?

In diesem Moment fährt erdbebenartig ein Güterzug vorbei.

Norbert und Ute erschrecken sich zu Tode.

Ole *spricht sie an* Oh, das war der Dicke! Aber keine Sorge. Wenn es dunkel wird, fährt kein Zug mehr.

Sie folgen Ole zu einer fröhlichen, internationalen Grillrunde nackter Touristen. Norbert und Ute gesellen sich linkisch dazu.

Camping
ØRN UTEN BUKSE

Norbert Hallo!

Die Touristen nicken, lächeln, sagen »hello«.

Norbert Does anybody from you go to Lofoten, too? Zufällig? Äh …

Eine nackte Frau spricht Norbert an.

Nackte Frau Nej, to Oslo tomorrow. Möbelmässä.
Do you want to come with me?

Norbert sieht irritiert auf ihre Riesenbrust, Ute stupst ihn an.

Norbert No, thank you.

Ole verteilt Wurst.

Ole Hier, Rentierwurst.

Norbert und Ute stürzen sich auf die übel aussehende Wurst.

Ole Sag mal, wollt ihr nicht nackt ausziehen?

Norbert *mit vollem Mund* Nee, also, wir gehens langsam an, wir machens spannend!

Waltraut und Reinhold traben – bis auf die Grillschürze – nackig heran und gehen zu Ole. Vor sich haben sie eine riesige Norwegenlandkarte ausgebreitet. Waltraut erreicht Ole.

Waltraut Du, Ole, sorry … sorry, Ole, aber du, wir fahren weiter. Also … *in die Runde*
… we go further.

Reinhold Wo ist denn das andere Nudistencamp?

Ole »Björn Uten Bukse«? »Bär Ohne Hose«, das ist hier oben …

Ole zeigt es auf der Landkarte.

Ole … bei Lofoten, hier. *Zu Norbert* Deine Landsleute hier, die können euch mitnehmen!
Die gehen auf Lofoten!

Waltraut sieht Norbert und bedeckt, so gut sie kann, ihre Nacktheit.

Waltraut Der Römertopf!

Ole legt seine Pranken um Norberts und Waltrauts Schultern.

Ole Die Deutsche halte zusamme!

Die anderen Touristen lächeln.

Nackte Frau How nice!

Waltraut und Reinhold tauschen einen gequälten Blick. Norbert und Ute ebenfalls.

Waltraut Ja, nur ... uns entstehen ja auch Kosten ...

131 ▶ Sommernacht im Camper der Dr. Schwarz-Ebershagens auf »Naken Elg«

Norbert und Ute schauen zu, wie Waltraut und Reinhold im Wohnmobil ihre Wertsachen einsammeln.

Waltraut So, und morgen früh gehts dann pünktlich los.

Norbert Wie, morgen? Wir dachten, wir fahren jetzt!

Waltraut greift sich ihre »Canicalm«-Pillenpackung, darauf sind der Pudel und der Schriftzug »Canicalm« abgebildet.

Waltraut Mein Mann hat ne Kleinigkeit getrunken.

Norbert Ich aber nicht. Ich kann fahren!

Ute stupst Norbert an.

Ute *flüstert* Guck, die nimmt auch die Hundepillen.

Waltraut schluckt die Tabletten. Ein bellendes Husten entringt sich ihrer Kehle.

Norbert Schön bei Fuß, Waltraut.

Ute kichert. Reinhold klettert mit allen Wertsachen nach oben in die Schlafkoje. Er ist immer noch lediglich mit der Grillschürze bekleidet. Waltraut grabscht noch schnell die Videokamera.

Waltraut So, und morgen früh um elf hier vor der Tür, o.k.?

Sie knallt die Campertür zu. Da rattert ein Zug vorbei, der Wagen wackelt. Norbert und Ute halten sich fest. Waltraut und Reinhold liegen in der Schlafkoje. Die Wertsachen nehmen so viel Raum ein, dass sie selber kaum noch Platz haben.

Waltraut *flüstert* Das ist doch eine Zumutung, dieses Gesocks hier tausend Kilometer durch die Wildnis zu kutschieren.

Sie kratzt sich hundemäßig hinter dem Ohr.

Reinhold *flüstert* Ach, Schnäuzchen. Wir beide essen morgen früh noch ne schöne Rentierwurst, und dann sind wir auch schon unterwegs!

Waltraut *flüstert* Schade, dass ich die blöden Gesichter nicht sehe, wenn die hier um elf auf der Matte stehen.

Norbert und Ute vor der Campertür haben alles mitbekommen.

Ute *verzieht das Gesicht, flüstert* Nee, ne?

Norbert *flüstert* Nee! Also, das lassen wir nicht mit uns machen!

Einen Augenblick später hört man, wie erst Reinhold und dann Waltraut schnarchen.

132 ▶ Sommernacht im Camper der Dr. Schwarz-Ebershagens auf »Naken Elg«

Norbert öffnet leise die Fahrertür. Ute setzt sich ans Steuer.

Norbert *leise* Rück rüber! Du bist minderjährig.

Ute *bleibt stur sitzen* Das is natürlich n Punkt, wenn se uns wegen Diebstahl, Entführung und Freiheitsberaubung drankriegen.

Norbert steigt nun ebenfalls auf der Fahrerseite ein und drängelt sie beiseite.

Norbert Mir wird schlecht, wenn ich nich selber fahr.

133 ▶ Sommernacht in Dr. Schwarz-Ebershagens Kabine

Wieder zurück in der Kabine von Dr. Schwarz-Ebershagen. Birgit und Frau Lange haben es sich mittlerweile auf dem Sofa bequem gemacht. Birgit streichelt den Schlittenhund.

Birgit Ich glaub, dem Hund gehts nicht gut. Was hat denn der gegessen?

Frau Lange Pansen. Ute hat sich heute schon dreimal übergeben.

Birgit Ute? *Bricht in Tränen aus* Ute! Meine Ute!

Sie fällt dem Hund um den Hals.

Frau Lange Dass eine Frau von deinem Format alleine ist, begreife ich nicht ... und dann auch noch tierlieb. *Rückt näher* Ich kenne eine Menge Menschen, die was mit dir anfangen könnten.

Ihre Lippen machen wieder die Hannibal-Lector-Bewegung.

134 ▶ Sommernacht auf Dr. Schwarz-Ebershagens Veranda

Birgit *aus dem Off, erstaunt* Ulrike ...

Frau Lange *aus dem Off* Desiree.

Birgit *aus dem Off* Ulrike?

Frau Lange *aus dem Off* Desiree!

Wehende Gardinen geben den Blick aufs Meer frei. Auf der Nachbarterrasse steht mittlerweile Horst Schlämmer, lauscht und hält sich an der Reling fest.

Birgit *aus dem Off* Ulrike!

Ulrike *aus dem Off* Desiree!

Horst Schlämmer He?! Wat n Abend. Herrlich. Wat hör ich denn da? Wat is dat?

ST 15789

135 ▶ Tagsüber in Schwarz-Ebershagens Camper auf der Landstraße

Der Camper fährt Richtung Lofoten durch unberührte Natur.

Norbert Was Mama jetzt wohl macht?

Ute Na, jedenfalls treibt sie sich bestimmt nicht mit irgendwelchen Kerlen rum.

Sie fahren durch ein dunkles Waldstück. Aus dem Nichts taucht ein Elch auf der Fahrbahn auf. Norbert merkt es ein bisschen zu spät. Er geht voll in die Bremsen. Der Elch entkommt unbeschadet in den angrenzenden Wald. Ute haut es nach vorne. Hinten im Camper knallt Waltraut hart gegen die Camperwand. Reinhold schlägt gegen sie, ihn trifft es nicht ganz so hart. Beide wachen verkatert auf.

Waltraut *verschlafen* Was war das? Ein Zug?

Reinhold steht auf und krabbelt aus der Koje.

Reinhold Das war der Dicke.

Er öffnet die Campertür und steigt aus.

136 ▶ Tagsüber vor Schwarz-Ebershagens Camper auf der Landstraße

Schlaftrunken schließt Reinhold die Campertür, hebt seine Grillschürze und pullert. Er realisiert nicht, dass er mitten auf einer Straße steht.

137 ▶ Tagsüber in Schwarz-Ebershagens Camper auf der Landstraße

Norbert und Ute erholen sich von dem Schock.

Norbert Gut. Nix passiert.

Norbert gibt Gas und fährt schnell weiter.

138 ▶ Tagsüber auf der Landstraße

Reinhold pullert immer noch auf die Straße, als er realisiert, dass der Camper abfährt.

Reinhold Hey, wo bin ich denn hier ... Waltraut ... Schnäuzchen ... das kannst du doch nicht machen!

Er läuft dem Wagen ein Stück hinterher, keine Chance. Der Camper entfernt sich schnell und ist bald nur noch als kleiner Punkt zu erkennen.

139 ▶ Tagsüber auf Ausfahrtsrampe der MS Midnatsol

Der nächste Morgen. Birgit sitzt auf dem Rücksitz des Minicoopers von Frau Lange. Der Wagen hält an der Rampe. Horst Schlämmer, mit seinem Rollkoffer, bleibt daneben stehen und beugt sich ins offene Autofenster.

Horst Schlämmer Also, wenn ich als Außenstehender mal meinen Senf dazugeben darf, ja: Das ist ne Zumutung.

Birgit *erstaunt* Na ja, ich finds auch gewöhnungsbedürftig.

Frau Lange Desiree, das ist doch Automatik! Sie macht es doch so gerne.

Birgit Kann das vielleicht ein bisschen schneller gehen?

Am Steuer sitzt Ute der Hund und lenkt fröhlich vor sich hin.

Birgit Die fährt doch jetzt wohl nicht bis zu den Lofoten!?

Horst Schlämmer Dieser Schlittenhund ist eine Gefahr für die Allgemeinheit. Kerl, Mann, weißte Bescheid!

Der Minicooper fährt mit einem Ruck an. Birgit klammert sich am Sitz fest. Horst Schlämmer bleibt kopfschüttelnd zurück. Uschi Blum steht inmitten ihrer Koffer am Rand der Rampe. Sie fahren auf sie zu.

Birgit *entdeckt sie* Sa ma, ist das nich …

Birgit sieht Frau Lange an.

Frau Lange Hups, Utilein, aufpassen. Immer schön langsam, gell?

Der Hund Ute fährt einen Schlenker und stößt Uschi Blum von der Rampe ins Hafenbecken. Birgit sieht wieder hin, doch nur die Koffer stehen noch da.

Birgit *dreht sich irritiert um* Sa ma, war das nicht Uschi Blum?

140 ▶ Tagsüber in Schwarz-Ebershagens Camper auf der Landstraße

Norbert und Ute fahren im Camper über die Landstraße, als plötzlich der Vorhang zum Wohnwagenbereich aufgerissen wird und Waltraut randalierend hinter der Scheibe erscheint.

Waltraut *brüllt* Ahhhhh! Wo ist mein Mann?! Wo sind wir?!

Norbert hält an. Sekunden später steht die hysterische, nackte Waltraut am Fahrerfenster, steckt ihren Kopf in den Wagen.

Waltraut *brüllt* Ahhhhh! Was haben sie mit ihm gemacht?

Norbert und Ute erschrecken sich und schreien auch.

Norbert Pscht! Der schläft, Waltraut!

Waltraut Sie haben ihn abgemurkst!

Norbert steigt aus und will sie beruhigen.

Norbert Ruhig ... ganz ruhig, Waltraut! Einatmen ... ausatmen.

Ute *ruft aus dem Wagen* Gib ihr ne »Canicalm«!

Norbert Mach schön Platz!

Waltraut Nicht anfassen! Nicht anfassen!

Sie rennt los, in den Händen Portemonnaie und Videokamera. Norbert rennt hinterher. Ute steigt aus.

Norbert Frau Schwarz-Ebershagen, Mann, wo wollen Sie denn hin?

Waltraut bemerkt, dass sie nackt ist.

Waltraut Aaaah, ... ich bin ja nackt! I'm naked!

Sie rennt panisch in den Wald und verschwindet dort. Ute schaut hinten in den Camper.

Ute Sie hat recht: Reinhold ist weg.

141 ▶ Tagsüber in Frau Langes Auto auf der Landstraße

Der Hund Ute sitzt hinten. Frau Lange fährt, neben ihr Birgit.

Sie schält sich aus ihrer Jacke, darunter trägt sie das fleckige Familienfoto-T-Shirt von Norbert.

Frau Lange Dr. Schwarz-Ebershagen ist dein Mann?

Birgit Ja.

Frau Lange Und dein Mann ist gar nicht Dr. Schwarz-Ebershagen?

Birgit Ja.

Frau Lange Und dieser arbeitslose Loser doktert an meiner Ute rum?!

Birgit Jetzt mach aber mal halblang. Norbert ist sehr tierlieb.

Frau Lange Desiree, der Hund hätte tot sein können!

Birgit Der Hund, der Hund ... Du wolltest doch sowieso nur, dass er an dir rumdoktert.

Frau Lange Aber das hat ja dieses verwahrloste Flittchen zu verhindern gewusst, mit dem er dann ...

Birgit *unterbricht* Meine Ute ist kein Flittchen!

Frau Lange Meine Tochter ist deine Tochter?

Plötzlich reißt Birgit die Augen auf und erschreckt sich.

Birgit Ulrike, Vorsicht!

In diesem Moment geht Frau Lange in die Bremsen. Der Wagen kommt zum Stehen. Schlittenhund Ute bellt heiser.

Frau Lange *entsetzt* Was ist denn das?

Vor ihnen steht ein Elch, auf diesem sitzt Reinhold mit seiner Grillschürze.

Frau Lange Hello, do you need help?

Reinhold ist komplett von der Rolle.

Reinhold Mir ist nicht zu helfen.

Birgit Das glaub ich auch ... *Zu Frau Lange* Komm, fahr einfach weiter, Ulrike!

Reinhold Sind Sie Deutsche?

Frau Lange *nickt* Sogar aus Darmstadt. Ich bin Ulrike Lange.

Frau Lange macht wieder die Hannibal-Lector-Lippenbewegung. Reinhold steigt vom Elch und kommt auf sie zu.

Reinhold Gott sei Dank! Ich bin Dr. Reinhold Schwarz-Ebershagen.

142 ▶ Tagsüber auf dem Campingplatz »Björn Uten Bukse«

Das Wohnmobil von Ute und Norbert erreicht den Campingplatz »Björn Uten Bukse«, »Bär Ohne Hose«. Ein Heißluftballon wird für den Start vorbereitet. Der Camper fährt hindurch. Ute steigt aus dem Camper und weist Norbert in einen Parkplatz ein.

Norbert *steigt aus* So, der Wagen ist da, wo er hinsollte. Diebstahl fällt also schon mal flach!

Ute Dann bleibt ja jetzt nur noch Entführung und Freiheitsberaubung.

Norbert Genau. Also würde ich sagen: Die Sache ist für uns erledigt!

Ute Papa, wie alt bist du eigentlich? Zwölf?

Sie laufen los. Im Hintergrund, unbemerkt von den beiden, fährt Lars mit seinem Wagen durch das Campingplatztor.

BJÖRN UTEN BUKSE
Camping
Ledig

143 ▶ Tagsüber in Frau Langes Auto auf der Landstraße

Frau Lange fährt, Birgit sitzt schmollend neben ihr. Reinhold, auf dem Rücksitz, untersucht den Hund Ute.

Frau Lange Sie schickt der Himmel, Herr Dr. Schwarz-Ebershagen!

Reinhold nimmt die eine Pfote, dann die andere, vergleicht die Hundenasentemperatur mit seiner eigenen und inspiziert das Fell. Frau Lange beobachtet ihn im Rückspiegel.

Frau Lange *als Seitenhieb gegen Birgit* Da erkennt man doch gleich die Fachkraft, gell, Desiree?

Sie winkt ab.

Reinhold Der Hund hat erhöhte Temperatur.

Frau Lange Dass Sie das so schnell herausgefunden haben!

Plötzlich kommt Waltraut aus dem Wald gerannt. Reinhold deutet mit ausgestreckter Hand auf sie. Waltraut überquert schreiend die Straße von rechts nach links, um auf der anderen Seite wieder im Wald zu verschwinden. Der Wagen verlangsamt kurz die Fahrt, um dann weiterzubrausen. Reinhold ist wie versteinert.

Reinhold Waltraut!

Birgit Gehört die Dame zu Ihnen?

Frau Lange sieht ihn gespannt an, Reinhold schüttelt den Kopf, sie atmet auf.

144 ▶ Tagsüber auf dem Campingplatz »Björn Uten Bukse«

Auf dem Campingplatz »Bär Ohne Hose« ist der Heißluftballon mit einer riesigen »Canicalm«-Werbung fast startbereit. Lars sitzt vor seinem Wagen an einem Tischchen und bereitet das Hundequartett vor. Waltraut rennt schreiend und nackt über den Campingplatz, an ihm vorbei, steigt in den Camper, nimmt eine Handvoll »Canicalm« und legt sich ins Bett.

145 ▶ Tagsüber vor der Wasserschutzpolizei im Hafen

Norbert und Ute laufen auf ein offiziell aussehendes Gebäude zu.

Ute Aber Papa, es war doch nicht so gemeint. Ich weiß, dass du nicht zwölf bist …

Norbert Ich bin ein erwachsener Mann und treffe erwachsene Entscheidungen. So, ich gehe da jetzt da rein.

Norbert verschwindet in der Polizeistation. Ute folgt ihm maulig.

146 ▶ Tagsüber auf dem Campingplatz »Björn Uten Bukse«

Nun fährt auch Frau Lange mit Birgit und Reinhold im Auto auf den Campingplatz »Bär Ohne Hose«.

Reinhold Unser Camper!

Sie parken auf der anderen Seite neben Schwarz-Ebershagens Camper. Birgit, Frau Lange und Reinhold steigen aus. Man verabschiedet sich voneinander.

Birgit Tja, Ulrike, also dann …

Frau Lange Tja, dann also …

Birgit und Frau Lange stehen unbeholfen voreinander. Hund Ute sitzt dazwischen und schaut von einer zur anderen. Sie wollen sich auf die Wange küssen, doch durch die ungelenken Bewegungen küssen sie sich unfreiwillig auf den Mund. Sie gehen in verschiedene Richtungen auseinander.

147 ▶ Tagsüber in Schwarz-Ebershagens Camper

Reinhold steigt – immer noch nur mit der Grillschürze bekleidet – in den Camper und packt eilig seine Sachen zusammen. Unerwartet sieht er dort Waltraut in ihrer Schlafkoje liegen.

Reinhold Waltraut!?

Sie wird wach.

Waltraut Ha … ich hab ganz schlecht geträumt … machst du uns Frühstück, Schnuffel?

Reinhold Ich lasse mich scheiden!

Waltraut starrt ihn entgeistert an. Da steckt Frau Lange den Kopf durch das Camperfenster.

Frau Lange *fast scharf* Kommst du dann, Reinhold?!

148 ▶ Tagsüber in der Wasserschutzpolizei im Hafen

Ute und Norbert stehen vor einem extrem entspannten Polizisten in der kleinen Dienststelle der Wasserschutzpolizei.

Norbert Ja, die Leute sind einfach verschwunden. Forsvinne! Dr. Reinhold Schwarz-Ebershagen und Waltraut.

Polizist So, so ... Und darf man fragen, wer Sie sind?

Norbert Ich bin Norbert Krabbe.

Der Polizist wird hellwach und steht auf.

Polizist Aus Wanne?

Norbert Ja!?

Polizist *auf Norwegisch* Hei Sven, kom hit, du gjetter aldri hvem som er her: eieren av Norbert-Krabbe-Fjorden! Norbert Krabbe fra Wanne i egen høye person! Hey, Sven komm mal her, du rätst nie, wer hier ist: der Besitzer vom Norbert- Krabbe-Fjord! Norbert Krabbe aus Wanne in persona!

Der zweite Polizist betritt den Raum, mustert Norbert eindringlich. Norbert und Ute tauschen einen ängstlichen Blick.

149 ▶ Tagsüber auf dem Campingplatz »Björn Uten Bukse«

Birgit steht unschlüssig auf der Wiese und weiß nicht so recht, wohin. Da entdeckt sie Lars. Dieser ist hinter seinem Lieferwagen mitten im Beratungsgespräch mit einem Engländer. Neben diesem sitzt ein süßes kleines Mädchen im Kinderwagen. Birgit geht auf sie zu und wird Ohrenzeugin des Gesprächs. Lars legt mit seinem Hundequartett eine Bulldogge.

Lars The bulldog stands for your daughter… she will be… how do you say?

Engländer Fat?

Lars Nej, ähm …

Engländer Ugly?

Lars No … lesbian!

Der Engländer springt auf.

Engländer Fuck!

Lars One thousandfivehundred Crowns.

Der Engländer schiebt mit dem Kinderwagen ab, ohne zu zahlen. Als er an Birgit vorbeikommt, sieht Lars sie.

Lars *freut sich* Chantal! Chantal!

Splitternackt läuft Lars auf Birgit zu.

Lars Chantal!

Birgit Ach was, Chantal! Ich heiße Birgit!

Frau Lange Tschüüs Desiree!

Reinhold und Frau Lange fahren mit dem Auto an ihnen vorbei. Birgit winkt halbherzig zurück. Als der Minicooper verschwindet, taucht plötzlich der Hund Ute auf und sieht sie treuherzig an.

Birgit *zu Lars* Lars, wie komme ich auf dem schnellsten Weg zum Norbert-Krabbe-Fjord?

Lars' Blick fällt auf ihr T-Shirt mit dem Familienfoto.

Lars Du bist Frau Krabbe!?

150 ▶ Tagsüber auf einem Polizeiboot im Norbert-Krabbe-Fjord

Am Ziel der Träume. Norbert, Ute und die beiden Polizisten nähern sich auf einem Polizeiboot in rasanter Fahrt dem Fjord.

Polizist Das ist er!

Norbert Wer?

Polizist Der Norbert-Krabbe-Fjord.

151 ▶ Tagsüber vor einem Blockhaus am Norbert-Krabbe-Fjord

Norbert und Ute stehen nun vor ihrem Blockhaus. Das Polizeiboot entfernt sich wieder. An der Tür hängt ein handgeschriebener Zettel »Velkom here Krabbe«. Norbert holt feierlich den Schlüssel aus der Tasche und steckt ihn langsam in das Schlüsselloch. Die Tür öffnet sich quietschend, da ertönt ein seltsames Geräusch über ihnen.

Birgit *ruft aus dem Off* Norbert! N-O-R-B-E-R-T!

Er dreht sich um, nichts. Plötzlich fällt eine Strickleiter in sein Blickfeld. Norbert schaut nach oben: Birgit winkt ihnen aus einem Heißluftballon mit »Canicalm«-Werbung zu.

UNNA-LOTTERIE
HAUPT-GEWINN
SIE HABEN GEWONNEN!
500.000€

Norbert *flüstert* Birgit!

Ute Mama!

Norbert *ruft* Birgit! Birgit ... Ich liebe dich.

Birgit *ruft* Ich dich auch ... Hör ma, wir müssen sofort zurück! Nach Grevenbroich!

Norbert *ruft* Nach Grevenbroich? Nee du, also wirklich nicht!

Ute Wir sind doch grade erst angekommen!

Birgit *ruft* Du hast wieder gewonnen, Norbert! Wir müssen das Geld abholen!

Sie schwenkt den Fünfhunderttausend-Euro-Gewinnschein. Norbert zögert. Birgit klettert in einer halsbrecherischen Aktion die Strickleiter hinunter. Norbert erreicht sie und will ihr beim Absteigen helfen, sie jedoch versucht, ihn nach oben zu ziehen. Er hängt nun an der Strickleiter. Im Ballonkorb erkennen wir jetzt Schlittenhund Ute, die sich bellend nach unten beugt. Birgit will ihn weiter nach oben ziehen. Er will sie herunterziehen. Sie stürzt aus dem Ballon ...

152 ▶ Tagsüber vor einem Blockhaus im Norbert-Krabbe-Fjord

Einige Tage später. Norbert und Birgit sitzen gemeinsam in ihrer Wanne. Sie steht in der weiten norwegischen Landschaft, direkt am Fjord. Grüne Hügel, Nadelbäume, ein Wasserfall.

Norbert Ach, is dat nich herrlich!

Sie küssen sich. Birgit dreht den Wasserhahn auf. Es kommt ein Schwall Wasser, dann ein paar Tropfen, das war's.

Birgit *ruft* Ute! U-T-E!

Norbert *ruft* Die Mama ist am Rufen! Ute!

Ute kommt mit Norberts Eimer im Maul aus dem Blockhaus und bringt dampfendes Wasser. Ute Krabbe fährt rasend schnell mit einer Harley Davidson durch die weite norwegische Landschaft.

ENDE

Horst Schlämmer Ja, dat war et. Nee, der Hund, war dat praktisch, habe selber gemerkt am Schluss, der Hund ist bei denen geblieben. Ich liebe solche Happy Ends, Enden. Happy Enden liebe ich gern. Mach ich gerne. Vergesst nich, das ist alles wahr. Das war es, das Buch, wisst ihr Bescheid.

Euer Horst Schlämmer.

Prost!

Was haben wir gelacht. Teil I

von Angelo Colagrossi

Madonna mia, was für eine Herausforderung! Che sfida! Ich muss nicht ganz bei klarem Verstand gewesen sein, als ich mich entschlossen habe, das Hörbuch zu »Ein Mann, ein Fjord« zu verfilmen. Und das nicht nur als Regisseur, sondern auch noch als Produzent, also quasi in einer Reihe mit verehrten Kollegen wie Dino de Laurentiis oder Francis Ford Coppola. Aber als das Angebot vom ZDF kam, konnte ich nicht einfach Nein sagen, schließlich schreibt man Drehbücher, um sie zu verfilmen. Auch wenn das Experiment Hörbuch bereits sehr erfolgreich war.

Fast eintausendachthundert Kilometer liegen zwischen Wanne-Eickel und Vaksvik in der Provinz Orskog in Norwegen. Für die Dreharbeiten zu »Ein Mann, ein Fjord« musste ich mit dem gut siebzigköpfigen Team die ganze Strecke per Flugzeug, Zug, Fähre, Auto, Mofa, Heißluftballon und Schiffen, Trailern, Campingbussen und Mannschaftswagen bewältigen, um an die Originalschauplätze der Norbert-Krabbe-Odyssee durch Deutschland, Dänemark, Schweden und Norwegen zu gelangen und zu filmen.

CHE STRAPAZZO!!

Alle paar Tage musste sämtliches Equipment aus fünfzig Kisten ausgepackt, dann wieder eingepackt und mit mehreren Lkws über kleine Straßen an Fjorden vorbei und über schneebedeckte Bergpässe transportiert werden.

Uhmm ... jetzt beschleunigt er wieder.

Eine große Herausforderung an die Logistik, aber auch für alle Mitwirkenden, die sich jeden Tag aufs Neue unplanbaren und klimatisch fragwürdigen Arbeitsbedingungen stellen mussten.
Abgesehen davon musste sich das ganze Team an mein Italo-Deutsch gewöhnen. Größenteils bin ich mit einem lauten Lacher davongekommen, aber manchmal war es schwer, die verwirrten Blicke meiner

Kollegen zu besänftigen. Aber mit Händen und Füßen und meinem italienischen Charme ist es mir immer wieder gelungen.

In Norwegen wurden wir zusätzlich von einheimischen Filmcrews unterstützt, die beispielsweise einen zwei Tonnen schweren Kamerakran an der idyllisch gelegenen Hütte am Norbert-Krabbe-Fjord aufbauten. Dazu mussten die Einzelteile des Krans, aber auch sämtliche Requisiten – unter anderem eine Badewanne aus Wanne-Eickel – Kamera, Ton, Technik, Maske, Kostüme et cetera über einen sumpfigen, steilen, gut fünfhundert Meter langen, mückenreichen Trampelpfad quer über eine Schafsweide geschleppt werden. Die einmaligen Bilder, die am Ende des Films zu sehen sind, entschädigten für die Plackerei.

E si!

Dazu dann das unberechenbare Wetter in Skandinavien. In Norwegen ändert sich das Wetter so schnell, dass man an einem Tag alle vier Jahreszeiten erleben kann. Wenn man morgens bei strahlendem Sonnenschein anfängt zu drehen, kann es mittags schon wie aus Eimern regnen, und vielleicht fallen am Nachmittag sogar ein paar dicke Schneeflocken. Besonders für mich war das etwas Fremdes, denn meine Sommer in Italien waren immer sonnig gewesen.

Aber dank der Mitternachtssonne hatten wir die Chance, zur Not auch noch nachts um elf Uhr, bei hellem Tageslicht, eine Szene zu drehen. Die Arbeitstage wurden flexibel geplant, damit wir die perfekten Bilder einfangen konnten, die man dann im Film sieht.

CHE PIACERE.

Ich bin sehr froh, dass ich mit solch wunderbaren Schauspielern und einem so engagierten Team zusammenarbeiten konnte. Die besonderen Umstände dieses Drehs haben uns innerhalb weniger Wochen zu einer großen Familie zusammengeschweißt. Mit allem, was dazugehört: Krisen, Streitereien, Gelosia – Eifersucht – und: Was haben wir gelacht! Auch wenn es anstrengend war, einen großen Tross über eine lange Zeit und immense Entfernungen zu bewegen, die Mühe hat sich gelohnt.

Angelo Colagrossi, Düsseldorf im Dezember 2008

Was haben wir gelacht. Teil II

Eine nicht ganz ernst zu nehmende, dafür aber sehr neurotische Betrachtung zum Dreh

von Hans Peter Kerkeling

Was die Filmarbeit für mich als passablen Darsteller so besonders anstrengend macht, ist die Wiederholung des ewig Gleichen unter strikter Einhaltung der im internationalen Film geltenden Kontinuitätsgesetze. Die Anschlüsse müssen stimmen.

Schönen Gruß an dieser Stelle an unsere nervenstarke Continuity-Verantwortliche Christine! Gut, dass sie Humor hat, denn sie hatte auch dank meiner einen der anstrengendsten Jobs am Set.

Für die Maskenabteilung heißt Continuity z. B., darauf zu achten, dass Horst Schlämmers Bart immer gleich aussehen muss und in jeder Szene überhaupt erst mal grundsätzlich im Gesicht klebt.

Das Schauspiel in den jeweiligen Szenen muss deshalb auch immer gleich sein oder sich zumindest verblüffend ähneln. Hält man sich nämlich beispielsweise nicht an die richtige Reihenfolge des Einsatzes der Requisiten und landet dann auch noch mal an dieser oder jener Position vor der Kamera, gibt es zwei Probleme: Der Film würde erstens unscharf und wäre zweitens schlicht nicht zu schneiden, weil nichts mehr zusammenpasst. Dann wird man als Darsteller natürlich nie wieder engagiert.

Im Laufen zu essen und zu reden ist besonders schwer! Wenn ich Schauspieler in einer mehrfach unterschnittenen Filmszene genau das tun sehe, haben sie mein vollstes Bedauern, denn ich weiß, was sie durchgemacht haben.

Konkret sieht das so aus:

Da steht man dann als Horst Schlämmer verkleidet im Schiffsrestaurant der MS Midnatsol mitten im Nordatlantik vor einem leckeren Fischbüfett, hat seinen Text ordentlich gelernt, den man für die Kamera abliefern soll. Der Regisseur gibt ordentlich seine Anweisungen, und es scheint alles einfach zu sein, aber – jetzt kommt's – während des Textaufsagens hat man dann ja auch noch ein Herrenhandtäschchen, einen überladenen Vorspeisenteller und eine Gabel nach einer vorgegebenen Choreografie in den Händen zu jonglieren. Und man soll immer an derselben, mit rotem Klebeband deutlich markierten Schlussposition landen, um dann mit vollem Mund etwas rasend Komisches und für die Handlung Entscheidendes verständlich zu nuscheln. Und das alles dann bitte ganz natürlich, ohne jede Verkrampfung! Schön locker!

▶ 1. Klappe

Ich laufe auf das Büfett zu, ende an der markierten, im Augenwinkel ausgemachten Schlussposition. Also bin ich schon mal scharf, tue das vorher bereits zigmal Probierte: Teller aufladen, essen und dann meine drei Sätze vor mich hin nuscheln.

»DANKE, AUS!«

Für mich war's prima. Bei aller Bescheidenheit: Ich glaube sogar, fantastisch!

Nicht ganz: »Die Gabel am Anfang bitte etwas höher, sonst ist sie nicht im Bild, bitte darauf achten, dass die Handtasche nicht gegen den Teller scheppert, das ist für den Ton ganz schlecht. Erst essen, dann grunzen, nicht umgekehrt, das ist lustiger. Dann der Text und vorher die Gabel wieder runter, sonst wirkt es zu aggressiv, und den Teller wieder hoch, sonst ist davon nur noch eine absurde Salzstange am unteren Bildrand zu sehen.«

Wie bitte? Ich bin Komiker und kein Jongleur!

»Noch mal, bitte!«

Wie war das jetzt? Hoch? Runter? Erst essen? Dann grunzen! Und dann reden oder umgekehrt.
Die Salzstange entsorge ich vorsichtshalber schon mal. Die wird meine Karriere nicht ruinieren.

2. Klappe

Ich laufe, Gabel hoch, Markierung erreicht, bin also scharf, Teller runter, Teller aufladen, Teller wieder rauf, essen, grunzen, Gabel runter, Text! Mitten in meinem letzten Satz knallt die Herrenhandtasche mit dem Billigreißverschluss gegen den Porzellanteller.
»Danke, aus! War alles super, nur der Text war falsch!«
»Wie bitte? Was habe ich denn gesagt?«

Bei der Rückschau wird klar, ich habe etwas kreativ Sinnloses von mir gegeben; Blödsinn, aber leider keinen lustigen. Bei all dem Rauf und Runter habe ich nicht nur Fisch, sondern auch noch den wesentlichen Halbsatz gegessen. Das Scheppern ist in der Aufnahme allerdings gar nicht zu hören.

▶ 3. Klappe

Ich laufe zum Büfett und mache alles wie besprochen; mal Teller tiefer, aufladen und wieder höher, mal Gabel höher und dann tiefer, erst essen, dann grunzen, dann reden. Super, aber jetzt macht ein Komparse einen entscheidenden, unverzeihlichen Fehler. Er rennt unaufgefordert drei Sekunden zu früh mitten in meiner Pointe ins Bild.

»So geht das nicht!«
Sehr unprofessionell. Allgemeines Kopfschütteln.

»Aus, aus!«
»Danke!«
Das war schon okay so. Er war nicht zu früh, aber die Gabel war wieder zu tief. Angelo Colagrossi deutet elegant auf eine exakte Stelle in der Luft.
»Hier auf der Höhe wär gut!«

Wo bin ich hier eigentlich? Im Pantomimenkurs bei Samy Molcho? Ich komme mir langsam vor wie in der Fahrprüfung. Rückwärts einparken ist ähnlich schwierig, wie eine bestimmte Stelle in der Luft mit einer Gabel zu treffen.

Ich laufe auf das Büfett zu, lande an der Markierung, bin wieder scharf und schaue auf das Fischbüfett. Die Kamera schnurrt, und ich breche ab. Der rohe Fisch, den ich essen soll und der von glühend heißen Lampen aufgeheizt wird, sieht fies aus. Und zwar so richtig fies! Der kriegt auf einmal so braune, faulige Flecken. Das esse ich nicht. Ich will was Frisches. So kann ich bestimmte Stellen in der Luft garantiert nicht treffen.

Das Büfett wird von der Requisite aufgefrischt.

Ein kurzer Wortwechsel.
»Schlecht ist das aber noch nicht! Ehrlich!«
»ICH ess DAS nicht.«
»Du kannst es doch hinterher ausspucken!«
»Ich nehm das nicht mal auf die Gabel.«

Wer hat sich diese Rauf-Runter-Fischfress-Grunz-Szene eigentlich ausgedacht? Hä? Im Prinzip kann man sagen: Ich! Ich habe ja schließlich am Drehbuch mitgeschrieben. Bei genauerer Betrachtung ist es also eigentlich doch eine charmante Szene, voll graziler Poesie und anmutiger Heiterkeit! Ich schwitze trotzdem! Der Bart rutscht weg. Maaaskeeee!

Aber nach nur zwölf weiteren Klappen, die abgebrochen werden wegen *zu hoch, zu tief, zu vorn, zu hinten, zu lang* oder technischer Probleme wie *Mikro zu oben, zu unten, Kamera zu an, zu aus, zu unscharf* und zu was-weiß-ich-noch. Keine Ahnung, wieso? Schon in Klappe 18 mache ich auf Anhieb alles richtig, und der historische Moment ist gekommen. Ich treffe millimetergenau jene besagte Stelle in der Luft, die sich knapp acht Meter über dem Meeresspiegel zwischen dem 53. Breiten- und 28. Längengrad befindliche Stelle wird von mir mit der Gabel präzise ein für alle Mal markiert. Der »Horst-Schlämmer-Punkt« im Nordatlantik ist geboren und unwiderruflich festgelegt.

MANN, WAS HABEN WIR DANN GELACHT!

Aber leider nützt mir das gar nichts. Das war erst die Halbtotale. Jetzt kommt das ganze Spiel noch mal von vorn. Erst in der halbnahen Einstellung zusammen mit dem wunderbaren Jürgen Tarrach. Dann noch mal in meiner Großaufnahme. Da heißt es dann wieder:
Gabel hoch, Markierung treffen, Teller runter, aufladen, essen, Gabel runter, Teller hoch, grunzen. Ach, was weiß ich! Und wären wir an diesem Tag mit dem Schiff nicht weitergefahren, sondern hätten geankert, hätte ich sie auf Anhieb wieder gefunden, diese kleine Stelle, acht Meter über dem Atlantik.

MANN, WAS HABEN WIR GELACHT!

Mittsommer Blues

von Jürgen Tarrach

Als Schauspieler eine Theaterpremiere zu haben ist eine ziemlich aufregende Sache. Das Stück hat man unter Schweiß und Tränen von allen Seiten beleuchtet, man hat sich gestritten und wieder versöhnt, ist kurzzeitig in Depressionen abgeglitten, weil der Monolog im dritten Akt einfach nicht glücken will. Schließlich ist man so weit ins Stück eingedrungen, dass man sich nicht mehr traut, auch nur ein Wort laut hervorzubringen, darauf folgen völlig unbegründete Glücksgefühle und Albernheitsausbrüche, die schon am nächsten Tag einen schalen Beigeschmack haben, und wenn man es endlich geschafft hat, jegliche Kontrolle über sich beiseitezuräumen, ist der Tag der Premiere da.

Ab 14:00 Uhr kann man nichts mehr essen, ab 16:00 Uhr wird man zum Panther, der in der Wohnung ruhelos hin und her rennt, um dann ab 18:00 Uhr endlich ins Theater zu flüchten, diesem einzigen noch sicheren Ort. Und wenn die ersten Bühnenworte gesprochen sind, spürt man die eigene Identität wieder, dann verfliegen die Wolken der Rollenzweifel, und im Glücksfall fängt man an zu fliegen.

Beim Film hat man jeden Tag Premiere. Was das bedeutet? Was einmal auf Film gebannt ist, kann nicht mehr retuschiert werden. Es ist für immer aufgezeichnet. Sicherlich, es gibt noch den Filmschnitt, und man kann Takes wiederholen. Doch das alles hat Grenzen, und es bleibt das Gefühl des Endgültigen – das einer Premiere.

7/24! So sind Geschäfte gekennzeichnet, meist im angelsächsischen Raum, die immer offen haben. Als Hauptdarsteller kennzeichnet es das Lebensgefühl, dem man sechs Drehwochen lang ausgeliefert ist. Jeder Tag ist ein unabwägbares Abenteuer und braucht die gesamte Konzentration des Hauptdarstellers, seine gesamte Kraft.

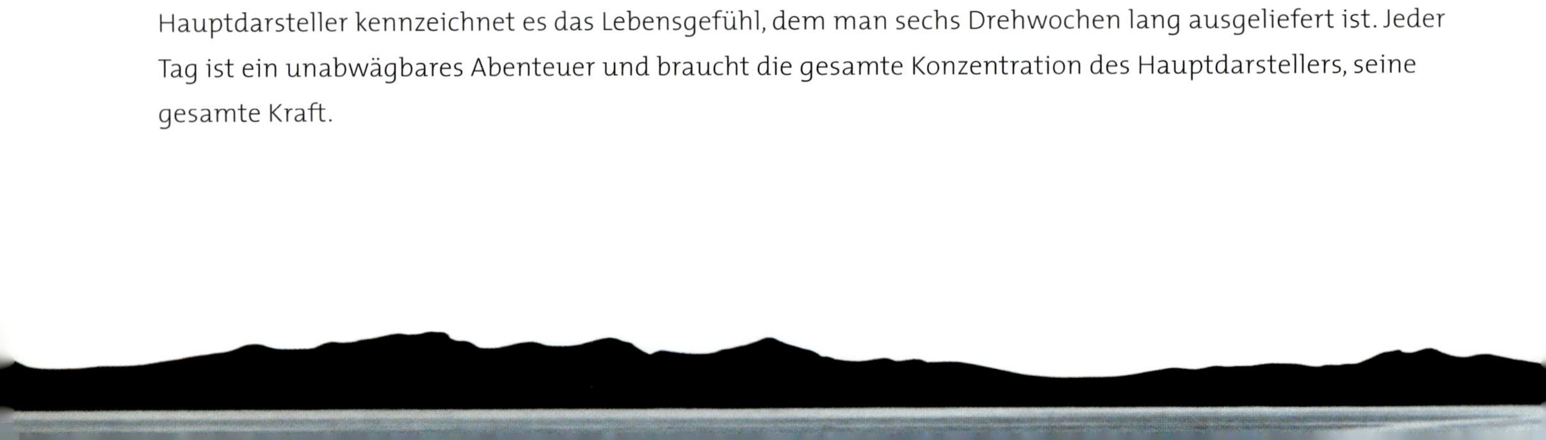

Lieber Leser, wenn wir fremde Berufe betrachten, so sehen wir meist nur die Romantik eines Berufes. Es geht uns wie dem Knaben, der Matrose werden will: Ihn locken die Seeabenteuer, fremde Länder, der strahlende Himmel, das blaue Meer und exotische Menschen. In Wirklichkeit aber muss er auf einem nassen Seil herumturnen, und Skorbut, Piraterie und Unwetter bedrohen sein Leben. Ich erlaube mir daher, einen Einblick ins wahre Schauspielerdasein zu geben:

Mit meiner Rolle im Rucksack soll unser Film nun ein Roadmovie werden, das bedeutet, immer unterwegs zu sein, also doppeltes Wagnis und zweifaches Unbehaustsein. Als mir »Ein Mann, ein Fjord!« angeboten wurde, habe ich dennoch keine Sekunde gezögert, denn Buch und Rolle hatten mich gleich überzeugt. Dann ist Skandinavien dazugekommen. Dort bin ich noch nie gewesen, und das hatte auch seinen Grund: Ich liebe das Mediterrane und alles, was damit verbunden ist. Angelo, unser Regisseur, ist nach Norwegen vorausgeeilt und schickt ins wunderbar frühsommerlich warme Berlin eine SMS aus Alesund: »Es ist kälter hier, aber herrrrrlich!«

Was mir geblieben ist als Erinnerung an Alesund:
Es ist arschkalt und regnet. Manchmal gibt es auch Sonne, meistens nachts, wenn keiner sie braucht. Die Straßen sind nach 21:00 Uhr nahezu menschenleer. Ich esse bei einem vermeintlichen Nobelitaliener Miesmuscheln in Vanillesoße – brrrrrrrr! Und der billige Wein kostet fünfzig Euro. Beim Chinesen gehe ich mit meiner Filmtochter essen. Ich bestelle vier Glückseligkeiten und habe am nächsten Tag eine schlimme Lebensmittelvergiftung. Mir ist speiübel, und wir drehen das Happy End unseres Film an einem sehr schönen Fjord. Gott sei Dank erleben wir hier die zwei sonnigsten Tage unserer Zeit in Norwegen.

Geirangerfjord: Mit den »Hurtigruten«-Schiffen fahren wir ungefähr dreimal das Geirangerfjord rauf und runter. Irrsinnig viel Landschaft und noch mal so viele Wasserfälle gleiten an uns vorüber. Es ist immer noch April, mitten im Juni. Rentner zerpflücken den Lachs auf dem Mittagsbüfett. Das Murmeln des Schiffsbauches, das wechselhafte Klima, die ständigen Ansagen über Lautsprecher in vier Sprachen, die die Reize der Landschaft erläutern, und der fehlende Espresso machen unendlich müde.

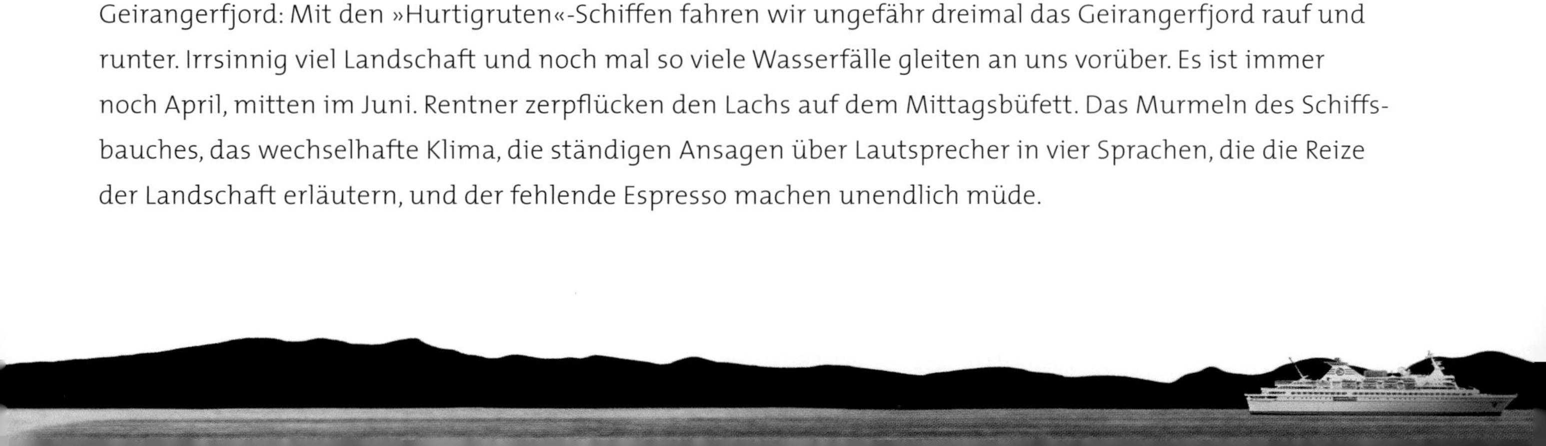

Bergen: sieben Tage Regen, Regen, Regen. Wind. Regen. Regen. Auch hier kann man nichts essen. In den Zeitschriftenläden riecht es nach fettigen Pölser – das sind Grillwürste. Bergen rühmt sich, die regenreichste Stadt Europas zu sein. Stimmt. Hier wurde Ibsens »Gespenster« uraufgeführt. In dem Stück regnet es die ganze Zeit, und der schwer depressive Sohn Osvald sagt am Schluss: »Gib mir die Sonne, Mutter!«

Stavanger, wieder Alesund, Tromsö: Mit dem Schiff, per Bahn, dem Bus, sogar einmal mit einem Mofa und dem Auto bereisen wir das Land kreuz und quer. Es bleibt unwirtlich und kalt. Ich habe große Sehnsucht nach meinem Italien.

Schließlich Oslo: Hier ist es etwas wärmer, und man kann Pizza essen. Ein Lichtblick. Ich besuche den Vigeland-Park, doch die Skulpturen sind mir zu steif und herrisch.

Und dann noch Kopenhagen: die lebendigste Stadt von allen zuvor besuchten. Jung und dynamisch mit wunderbaren Vierteln – ein schöner Abschluss.

Was mir darüber hinaus noch geblieben ist: die Erinnerung an meine wunderbaren Kolleginnen und Kollegen. Die tapfere und aufgeweckte Olga, Mathias mit seinem unvergleichlichen Humor und der unvergesslichen Küchenschürze, mit Johanna in der Achterbahn vom Tivoli – saukomisch! –, mit Hape während der Szene ernst bleiben – fast unmöglich –, mit Horst fast von der Harley fallen, mit der komödiantischen Petra flirten spielen, mit Anneke in unserer Fjord-Badewanne sitzen und selbstverständlich Angelo, der uns immer zum Lachen bringt und der nie seine gute Laune verliert, der heiterste Mensch, den ich kenne – »mille grazie: esse warr härrlich«.

Im Flugzeug nach Venedig

von Anneke Kim Sarnau

Angelo kennenzulernen hat mein Leben verändert.
Angelina kennenzulernen hat mein Leben verändert.
Zwei Engel, die gesandt wurden, um Freude und Liebe ins Leben zu bringen; zumindest in meines, das ist sicher!
Dazwischen Hans Peter, Hape.
Diese drei tollen Menschen machten sich also auf, eine Geschichte zu schreiben. Zunächst als Hörbuch und dann endlich als Film, der produziert werden sollte. Und ich durfte dabei sein. Was für ein Geschenk, in vielerlei Hinsicht!

Das erste Mal traf ich Angelo im Park vom Schloss Charlottenburg. Sailor – mein Hund – und ich gingen spazieren, als Angelo grinsend mit seinem Fahrrad an uns vorbeifuhr. Wenige Minuten später kam er wieder, und er hielt an, um in seinem unverwechselbaren Italo-Deutsch auf mich einzureden. Ich verstand was von »Ein Mann, ein Fjord«, Drehbuch, Film ... und war neugierig, denn das Hörbuch hatte ich mir gerade zugelegt. Aber so ganz wurde ich aus dem Kauderwelsch nicht schlau. Trotzdem ging danach alles recht geradlinig seinen Weg.

Ich bekam das Drehbuch zugesandt und war nach dem ersten Lesen, ehrlich gesagt, nicht ganz sicher, ob ich das alles wirklich lustig fand. Mein Agent sagte nur: »Zusagen! Nicht lang überlegen, zusagen!« ... Ich sagte zu, überlegte innerlich aber weiter, ob es das Richtige für mich war. Ich war auf der Suche, wollte neue Bereiche im Schauspiel ausloten. Ich las das Buch ein zweites Mal und lachte mich schlapp! Keine Ahnung, warum ich die Gags beim ersten Lesen nicht geschnallt hatte.

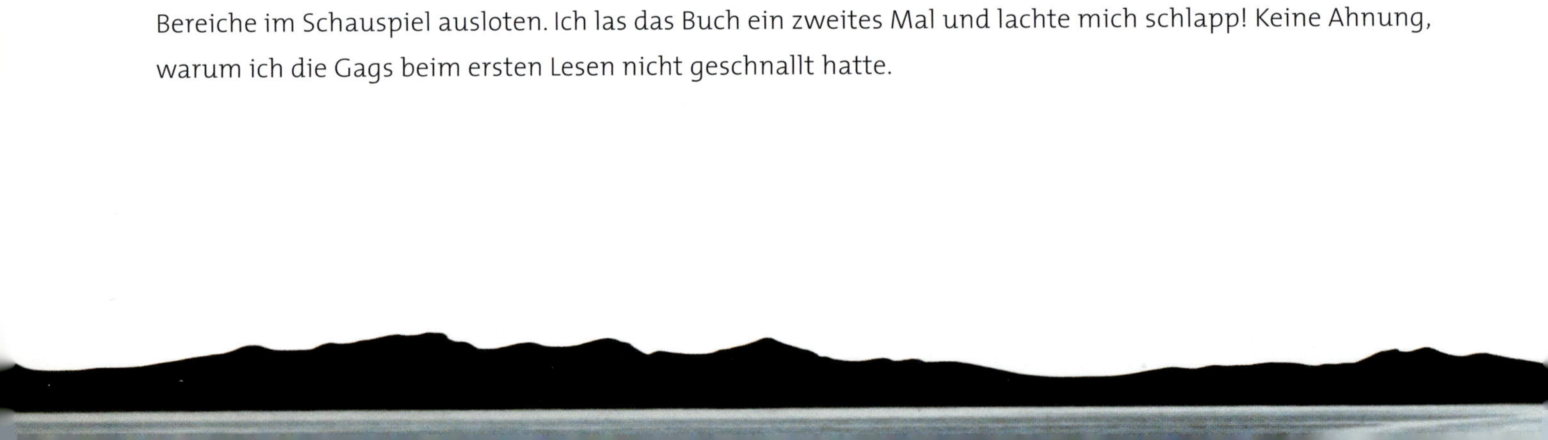

Angelo und ich waren in regelmäßigem Kontakt und trafen uns dann einen Abend in einem leckeren sizilianischen Lokal, tranken Rotwein, und am Ende brachte alles so viel Spaß und fühlte sich so gut an, dass ich es nicht abwarten konnte, die Birgit zu spielen und mit Angelo, mit Hape, mit Jürgen, mit Olga, mit Hilmi, mit Petra, mit Horst, mit Mads und dem Team et cetera zu arbeiten! Und als Sahnehäubchen: nicht in Deutschland zu drehen, sondern in Norwegen. In diesem Wahnsinnsland, mit der Landschaft wie aus Lindgren- und Tolkien-Büchern; mit dieser energetisierenden, permanenten Helligkeit im Sommer, mit mindestens genauso vielen Paaren Gummistiefeln wie Einwohnern, mit unfassbar schönen Fjorden, mildsalzig, kaltem Wasser; mit Regen, mit Sonne, einfach sehr pur. Außerdem: Tapetenwechsel tut immer gut!

Ich hatte mich für die Rolle mit meinem Coach Betzelt vorbereitet. In diesem Fall tat das besonders gut, da es sich schon in der Vorbereitung tierisch erfrischend anfühlte, Birgit kennenzulernen. Es war ziemlich bald klar, dass alles zusammen eine heilsame, freudvolle Erfahrung für mich werden könnte. Dann kam der Tag der Abreise nach Norwegen. Ein ganzes Filmteam machte sich auf, den Norwegern und ihren irren Fjorden das Fürchten, nein, das LACHEN zu lehren!

Schon am Tegeler Flughafen ging der Spaß los, als einige von uns mit Hape in einem Flieger saßen, bereit, nach Norwegen zu fliegen, und wir uns erst nur leicht wunderten, dass einige der Passagiere dieselben Sitzplatznummern hatten wie wir. Richtig schräg wurde es aber, als der Kapitän verkündete, dass es in Venedig regnen würde: »Äähh? Venedig?? Was hat das mit Norwegen zu tun?!?« So wurden wir dann flugs zum richtigen Flieger und damit zum Rest des wartenden Teams gebracht. Was für 'ne geniale Nummer zum Start: mit Hape, den ganz Deutschland kennt, in einem Flieger zu stehen, wartend, dass wir wieder aussteigen dürfen, und um uns lauter Urlauber, die grad nach Venedig wollen ... Haben wir gelacht!! Eigentlich ging es so weiter ... jeden Tag.

Ich erinnere mich an viele Situationen mit dem Team, eigentlich immer mit Freude verbunden: Fußballgucken und -spielen an verschiedensten Orten, ein Gesangsduell mit jungen irischen Männern in einem irischen Pub in Alesund, angespornt von Angelo, sodass wir den Laden verlassen mussten; ich erinnere mich an den Heißluftballon mit der »Canicalm«-Werbung, bei dem alle euphorisch mit anpackten, damit das Ding auf engem Raum in die Luft gehen könnte; ich erinnere mich an Jürgens Heimweh nach Italien und italienischem Essen, an drei Tage Regen in Bergen, keine Chance zu drehen. Und unser Filmteam machte das Beste draus, schließlich war EM. Alles schien sehr, sehr easy.

Wäre da nicht dieser Mann gewesen: Angeeelo, der strenge Meister, der von mir eine Disziplin verlangte, die an finstere Lateinkurse in meiner Schulzeit erinnerte, das alles aber so, inklusive Akzent, dass ich es eigentlich eher lieben als fürchten gelernt habe. Angelo hat diese so wichtige Eigenschaft, über sich selber lachen zu können. Das macht dann einfach nur Spaß beziehungsweise lässt so manche Maßregelung weniger hart wirken, sondern klar (oft berechtigt »Anneeeeke, das ganze Team wartet, kannst du deine Freunde später begrüßen!!«). Irgendwann hatte ich Angelos Sprache »drauf«, will sagen, ich verstand 92 % der Zeit, was er mir sagen wollte. Ein paar Sätze faszinierten mich aber dennoch, sodass ich sie nach Drehschluss zum Besten gab, wobei Angelo sich am meisten freute, scheinbar, und später bei mancher Gelegenheit verlangte: »Anneeeeke, mach's du mich nach, mache das mit der ›Ute‹ (Ute = Hütte, Ute = meine Tochter im Film, Ute!).« Damit rächte er sich vielleicht, vielleicht wusste er aber auch, dass es tierisch lustig war, weil wir ja alle jeden Tag Angelos Sprache hörten und lernten, ihn zu verstehen, diesen schrägen Vogel. Und das Ganze dann noch zusammen mit Hape – da hat man keine Chance! Das ist eine Sauerei … Na ja, um es kurz zu machen, ich traf am Ende des Drehs in Kopenhagen, in Christiania, einen wunderschönen Menschen, und seitdem ist mein Leben anders – und alle Narben heilen durch die Kraft der Liebe. Um die ging es in unserem Film. Und wenn ihr am Ende des Films nicht weint, dann seid ihr selber schuld! Ich habe mich austoben dürfen, wie in Ikeas Kinderspielparadiesgedingens, und dafür Dank an alle, die bei diesem Film mitgerockt haben!!

Am meisten Angeelo!

Bonus-Szene

[Für den Film musste die Hörbuchvorlage gekürzt und verändert werden. So entstand diese Szene.]

▶ Tagsüber auf dem Campingplatz »Naken Elg«

Man sitzt immer noch nett am Lagerfeuer beisammen.

Norbert Was Mama jetzt wohl macht?

Ute Na, jedenfalls treibt sie sich bestimmt nicht mit irgendwelchen Kerlen rum.

Der Camper von Waltraut und Reinhold erreicht den Campingplatz. Einige Meter von der Grillgruppe entfernt bleibt der Wagen stehen, und die beiden steigen nackt aus. Waltraut von der Fahrerseite und Reinhold nur mit der Grillschürze bekleidet und sehr betrunken von der Beifahrerseite, und sie traben auf Ole zu. Waltraut hält eine Faltinformationsbroschüre des Campingplatzes in der Hand.

Waltraut Hallo zusammen, hello ewribodi, wir haben uns schon ausgezogen, we took the clothes already off.

Norbert verdreht die Augen.

Reinhold Wir wollten`s nicht zu spannend machen ... not too ...

Reinhold fällt das passende englische Wort nicht ein.

Ole Oh, wir sind komplett belegt. Sorry, we are full.

Waltraut *entsetzt* Was?

Reinhold What?

Ole Die zwei haben die letzte Plätze!

Ole deutet auf Norbert und Ute. Waltraut sieht Norbert und bedeckt, so gut sie kann, ihre Nacktheit, indem sie die Faltbroschüre in Windeseile auseinanderzerrt und sie schützend vor den Körper hält.

Waltraut Der Römertopf!

Norbert heuchelt Wiedersehensfreude.

Norbert Hallo, Deckelchen!

Ute hat Freude an Vaters Ironie. Reinhold scheint indes vor Wut innerlich zu zerplatzen.

Reinhold Jetzt reichts mir, Waltraut! Wer verdammt noch mal ist dieser Mann?

Reinhold äfft den Tonfall von Norbert und Waltraut nach.

Reinhold Römertopf, Deckelchen ... hinter diesem vertrauten Getue steckt doch mehr. Hä ... hä? Und du wirst auch immer so? ... so ... nervös, wenn du den Topf siehst.

Reinhold und Waltraut laufen fluchend zurück zum Wohnmobil.

Reinhold *zur Grillrunde gewandt* She gets nervous when she sees the pot.

Waltraut Ich werde nicht nervös! *Zur Grillrunde gewandt* I'm not getting nervous. *Zu Reinhold* Du gehst mir auf die Nerven. *Zur Grillrunde gewandt* He's getting on my nervs.

Reinhold Ach halts Maul. Shut up!

Reinhold steigt jetzt in das Wohnmobil ein und schlägt die Tür zu. Waltraut setzt sich wieder zurück ans Steuer.

Waltraut Schnuffel! Du bist eine Hackfresse!

Ute *ruft* Und merken Sie sich eins! Mein Vater ist kein Römertopf. Mein Vater ist Norbert Krabbe!

Mit Vollgas verlässt der Camper das Gelände. Ein nackter Polizist steht bedrohlich auf und wird schlagartig hellwach.

Polizist Norbert Krabbe?

Norbert Ja!?

Polizist Aus Wanne?

Norbert nickt eingeschüchtert.

Polizist *auf Norwegisch* Hei Sven, kom hit, du gjetter aldri hvem som er her: eieren av Norbert-Krabbe-Fjorden! Norbert Krabbe fra Wanne i egen høye person!

Hey, Sven, komm mal her, du rätst nie, wer hier ist: der Besitzer vom Norbert-Krabbe-Fjord! Norbert Krabbe aus Wanne in persona!

Der zweite Polizist Sven eilt herbei und mustert Norbert eindringlich. Norbert und Ute tauschen einen ängstlichen Blick.

Norbert Woher kennen Sie mich? Wer sind sie?

Erster Polizist *ernst* Sie werden gesucht!

Zweiter Polizist Wir sind die Polizei.

Die beiden Polizisten kramen ihre Polizeimützen unter der Bank hervor und setzen sie kurz nacheinander auf.

Mehr über unsere Autoren und Bücher:
www.piper.de

Von Hape Kerkeling liegt bei Piper außerdem vor:
Ich bin dann mal weg

ISBN: 978-3-492-05287-0
3. Auflage 2009

Umschlaggestaltung: Karin Huber, nach einer Vorlage von Michael Potrafke, www.a1-grafik.de
Satz: karin.huber@creativconnect.de
Druck und Bindung: Kösel, Krugzell
Printed in Germany